그

윤해서 중편소설

2020
문학실험실

그
ㅡ

의미는 안절부절이다. 의미를 피하기 위해 했던 모든 의미 바깥의 말과 행동은, 의미를 피하기 위한,이란 의미를 부여받는다. 무의미는 붙잡을 수 없다. 한 움큼. 의미는 마치 손에 잡히는 것처럼 보인다. 어떻게든 갖고 싶어. 의미를 피하기란 재채기를 참는 것만큼 어렵다. 갑자기. 재채기 소리가 들려온다. 멀리서. 위층이나 옆집. 벽을 마주하고 있는 옆집 사람들은 다른 엘리베이터를 이용한다. 한 번도 마주친 적이 없다. 아파트다. 구조 속에 있다. 생각 같은. 속수무책. 이미지를 떠올린다. 방 한구석으로. 구조의 한 귀퉁이로 갑자기 들려오는 재채기 소리. 재채기 소리는 소음이 되기도 한다. 재채기, h, 재채기, h, 재채기, h. 보통 저 사람의 재채기는 세 번 이상 반복되지 않는다. 반복은 소음의 특징 중 하나다. 끊겼다 다시 시작된다. 생각처럼. 식빵을 굽다가 깨달았다. 삶은 오래, 같은 자리에 머물러 있다. 그러니까 문제는, 툭, 식빵이 튀어 오를 때. 잠깐, 그런 생각을 했나. 물속에서 나는 빛을 잡았다. 문을 열고 다른 세계로 이어지는 길을 걷는 것처럼. 태어나는 순간 자궁에서 벗어난다. 다시는 돌아갈 수 없다. 돌아갈 수 없는 것은 자궁 때문이 아니다. 한동안 그렇다. 한동안은 시간을 나타내는

명사다. 시간의 이름. 재채기, h, 재채기, h. 보통명사. 보통, 같은 사람의 재채기다. 한동안. 다시, 한동안, 생각. 한동안에 대해 생각한다. 한동안. 생각이라는 단어는. 날 생, 깨달을 각이 아니다. 이런 의미는 얼토당토않다. 생각은 한글이다. 생각을 가만히 본다. 생각의 생김새가 이상하게 느껴진다. 6층 여자는 여기까지 생각했다. 3시 30분쯤 잠에서 깼고 30분쯤 눈을 더 감고 있었다. 이제 일어나야지. 생각은 그만하고. 손을 뻗어 휴대전화를 집었다. 오후 네 시. 시간을 확인하고, 포털에 접속해 몇몇 기사들을 읽었다. 검색 차트에 낯선 이름이 있었다. 연예인은 아니고, 그렇다고 정치인도 아니고. 누구지. 6층 여자는 그 이름을 클릭했다. 사진. 이 사람. 6층 여자는 그를 한눈에 알아보았다. 32층 남자. 시도 때도 없이 만나지던 남자. 편의점 봉투를 손에 들고, 재활용 쓰레기를 잔뜩 안고, 자주 마주치던 남자. 한 번도 인사를 나눈 적 없던 남자. 그렇지만 수도 없이 마주친 남자. 코코와 사는. 남자가 코코야, 부르는 것을 본 적이 있었다. 다른 가족을 본 적은 없고. 그렇다면 코코는. 6층 여자는 침대에서 벗어났다. 옷을 대충 갈아입고 현관문을 열고 나갔다. 엘리베이터의 위쪽 버튼을 눌렀다. 이 집에 5년째 살면서 처음 눌러보는 버튼. 6층 여자는 6층 위로 올라갈 일이 없었다. 엘리베이터는 22층에 있었고 아래로 내려오기 시작했지만, 6층을 지나쳐 내려갔다. 1층에 멈춘 엘리베이터가 다시 올라오기 시작했다. 움직이는 화살표. 층마다 섰다. 2층, 뭔가 내려놓는 소리, 문 닫히는 소리, 움직이는 화살표. 4층, 뭔가 내려놓는 소리, 문 닫히는 소리. 움직이는 화살표. 6층에서 문이 열렸을 때 모자를 쓴 남자가 문 앞에 서 있었다. 안녕하세요. 여자에게도 수없이 많은 택배를 배달해준 B 업체의 택배 기사님. 안녕하세요. 여자는 고개를 숙였다. 잠시만요, 601호 물건도 있어요. 문 앞에 둘까요? 아, 저 주세요. 6층 여자는 엘리베이터에 타며 대답했다. 그럼, 잠시만. 602호 물건을 문 앞에 놓고 택배 기사가 다시 엘리베이터에 탔다. 6층 여자에게 세 개의 택배를 건네줬다. 엘리베이터에 다른 사람은 없었고, 6층 여자는 32층을 누를 필요가 없었다. 모든 짝수 층에 빨간불이 들어와 있었다. 짝수 층 전용 엘리베이터. 8층, 잠시만요. 10층, 죄송합니다. 12층, 몇 층 가세요? 14층, 16층, 18층, 20층. 택배는 점점 줄어들었다. 22층, 24층, 택배 기사가 물건을 집 앞에 내려놓고 돌아오면 6층 여자가 닫

힘 버튼을 눌렀다. 마침내 32층. 택배 기사와 6층 여자
는 동시에 내렸다. 3201호 물건 세 개, 3202호 물건 다
섯 개. 사실 6층 여자는 32층 남자가 몇 호에 사는지 몰
랐다. 함께 엘리베이터에 탔을 때 언제나 남자가 32층
을 누르는 것을 보았을 뿐, 남자에 대해 아는 것은 없었
다. 택배 기사가 양쪽 집 문 앞에 물건을 내려놓는 동안
6층 여자는 양쪽 집 현관을 번갈아 보았다. 택배 기사는
다시 엘리베이터에 올라탔고, 아주 잠깐 의아한 눈으로
6층 여자를 바라봤다. 먼저 가보겠습니다. 문이 닫혔다.
움직이는 화살표. 34층. 여자는 3201호 택배에 적힌 이
름을 읽었다. 아니다. 3201호의 세 개의 택배에는 다른
두 사람의 이름이 적혀 있었다. 핑크색 봉투와 익숙한
서점 상자에 같은 이름, 커다란 박스, 착한 화장지에 다
른 이름. 6층 여자는 돌아섰다. 3202호 앞에 놓여 있는
다섯 개의 택배. 모두 같은 이름. 조금 전 포털에서 확인
한 이름이다. 안에서 개 짖는 소리가 들렸다. 코코다. 6
층 여자는 문을 열어보려 했다. 벨을 눌렀다. 안에서 코
코가 짖었다. 문 앞까지 나와서 문을 향해 짖었다. 엘리
베이터는 6층을 지나 1층에 멈춰 섰다. 누군가 오겠지.
가족이 있었겠지. 누구라도 오겠지. 6층 여자는 10분쯤

문 앞에 서 있었다. 3201호의 문이 열리고 낯선 사람이 나왔다. 한 번도 마주친 적 없는 사람. 3201호에서 나온 젊은 남자가 6층 여자를 경계하는 눈으로 쳐다봤다. 6층 여자는 엘리베이터로 가서 아래쪽 버튼을 눌렀다. 움직이는 화살표. 엘리베이터가 1층에서 올라오기 시작했다. 3201호 남자는 세 개의 택배를 한 번에 들고 들어갔다.

*

발전

전의

의의

의지

지복

복수

수심

심성

성정

정념

소개팅에서 끝말잇기를 하자는 사람은 처음이었다. 그의 이름을 보자 잊고 있던 끝말잇기가 떠올랐다.

형체가 없는 것만 말하기로 하죠.

눈치가 없는 편이구나, 생각했다.

먼저 하시죠.

그가 말했다.

발전.

내가 말했다.

발전이 형체가 없다고 말할 수 있나요?

그가 물었다.

눈에 보이지 않나? 발전은?

피곤한 사람이구나, 생각했다.

가만히 웃었다.

전의.

그가 말했다.

전의도 보이지 않나요?

내가 물었다. 물으면서 나는 전의를 상실했다. 망했다. 차가운 커피를 시켰어야 했는데.

의의.

대답이 없어서, 내가 말했다.

의지.

그가 말했다.

의지야말로 형체가 없다고 하기 좀 애매하지 않아
요?

내가 물었다.

그 뒤로도 번갈아 몇 개의 단어를 더 말했는데, 정확
한 기억은 의지까지다. 그 뒤로는 생각나지 않는다. 그
를 그 뒤로 만난 적은 없다. 몇 년 전 퇴근길에 그가 출
연한 라디오 방송을 들었을 때도 동명이인이거니 했다.
그리고 오늘 아침, 포털에 뜬 이름을 클릭하고서야 알았
다. 그 라디오에 나온 사람도 이 사람이었구나.

끝말잇기. 그 남자, 기억나?

소개팅을 주선해줬던 친구에게 전화를 했다.

누구?

영준이 친구. 네가 소개팅해줬던.

아, 그 남자, 기억나. 오영준, 그 이름 오랜만이다.

너 그 남자 이름 모르지?

나야 이름까진 모르지. 그 남자가 너랑 사귄 것도 아
니고. 끝말잇기. 늘 그렇게 말했잖아. 근데 오영준 뭐 하
고 살까?

그 남자 죽었대.

나는 누군가에게 말해야만 할 것 같았다. 슬픈 건 아니었고 우는 건 좀 이상한 일 같았다. 그렇다고 아무렇지 않진 않았다. 나는 그 남자와 딱 한 번이지만 만났고, 커피를 한 잔 마셨고, 두 시간쯤 마주 앉아 이야기를 했고, 끝말잇기를 했다. 살면서 했던 모든 끝말잇기를 잊었지만 그날의 끝말잇기는 오늘 기억났다. 발전, 전의. 전의 상실. 실망. 망했다. 나 혼자 이어갔던 끝말잇기. 망한 소개팅에 대한 짜증.

그냥 몰랐으면 더 좋았을걸.

엄마, 오늘 나 늦어.

딸에게 문자가 온다.

왜 또?

답을 보낸다.

*

고주성은 쿠스코에 있는 볼리비아 대사관에서 그를 처음 만났다. 대사관은 쿠스코에 흔한 2층짜리 주택이었고, 주택가에 있었다. 쿠스코의 중심가인 아르마스 광장에서 제법 떨어진 조용한 골목에 위치한 대사관을 찾아가느라 고주성은 애를 먹었다. 몇 번이나 골목을 잘못 들어섰다가 되돌아 나오기를 반복했다. 고주성은 길치였고, 고집이 있었다. 여행은 무조건 혼자서 한다. 고주성의 고집은 고주성을 지치게 만들었다. 쿠스코는 고주성이 남미 여행을 시작하고 3주째 되는 날 도착한 곳이었고, 그래서 그날은 이미 수차례 길을 헤맨 뒤였다. 대사관의 색이 바랜 분홍색 벽 앞에 섰을 때, 대사관을 찾았다는 기쁨도 잠시, 고주성은 황열 예방주사를 맞지 않았다는 생각에 긴장했다. 볼리비아 입국 비자를 받을 때, 황열 예방주사 확인서가 필요하다는 것을 알고 있었지만, 고주성은 운에 맡겨보기로 했다. 서울에서 출발하기 전에 미처 챙기지 못했고, 여행 중에는 가고 싶은 병원이 없었다. 만약 여기서 거부당한다면 결국 쿠스코 시내에 있는 병원에서 주사를 맞아야 하겠지만, 때때로 확인서를 요구하지 않고 비자를 발급해주는 경우도 있다고 해서 고주성은 운을 믿기로 한 것이다. 대사관의 문을 열고 들어갔을 때 제일 먼저 눈에 띈 것은 가정집의 거실같이 꾸며놓은 대기실에 둘러앉은 사람들이었다. 소파에는 빈자리가 없었다. 스페인계로 보이는 여자 둘,

백인 남자, 일본인 커플, 동양 남자가 있었다. 저 남자는 중국인인가. 우리나라 사람인가. 고주성은 동양 남자의 국적이 궁금했다. 그들이 나란히 앉아 있는 소파 맞은편에 식탁 같은 테이블이 놓여 있고, 거기에서 꼬마 아이가 그림을 그리고 있었다. 지금 영사님이 외출 중이시니, 여기서 잠시만 기다리세요. 직원은 고주성을 사람들이 앉아 있는 소파가 있는 쪽으로 안내했다. 빈자리는 없었다. 그때, 그가 말없이 일어섰다. 식탁에 앉아 있는 꼬마에게로 다가가서 아이 앞자리에 앉았다. 고주성은 고맙습니다,라고 했다가, 그가 아무 대답이 없자, 땡큐, 라고 덧붙여 말했다. 이번에도 그는 아무 대답이 없었다. 그는 아이에게 다가가더니 영어로 같이 그려도 좋겠냐고 물었다. 일본인인가. 우리나라 사람은 아닌 거 같은데. 일본인 커플은 일어로 대화를 나누고 있었고, 백인 남자는 다리를 떨고 있었다. 스페인계 여자 중 한 명이 카메라를 들어 천장을 찍었다. 그가 아이 앞으로 가고 얼마 되지 않아 아이의 웃음소리가 들렸다. 그가 그림을 그려주면 아이가 그 그림에 색칠을 했다. 고주성이 앉은 자리의 정면에서 그들이 그림을 그리고 있었기 때문에 고주성은 그 모습을 보고 있을 수밖에 없었다. 저 남자는 황열 주사를 맞았을까. 고주성은 궁금했다. 소파에 앉은 모든 사람이 그가 아이와 그림 그리는 것을 보았다. 그가 말을 많이 하지는 않았지만, 아이는 자주 웃었다. 20대 후반? 30대 초반? 고주성은 그의 나이를 가늠해보았다. 스페인계 여자 둘이 그림을 그리며 놀고 있는 그들에게 다가갔다. 대기하고 있던 그들 모두 무료했다. 아이들에게 친절한 것만큼 여자들의 환심을 사기 좋은 게 없지. 고주성은 속으로 그를 비웃었다. 그들은 이제 넷이서 그림을 그렸고, 이따금 웃었다. 백인 남자는 시계를 보다 일어섰다. 문밖으로 나갔다. 멀리 간 것 같지는 않았다. 낮은 창문으로 그의 머리가 시계추처럼 왔다, 갔다 하는 것이 보였다. 시계추가 멈추고, 영사가 들어왔다. 영사의 뒤로 백인 남자가 따라 들어왔고, 영사는 대기실의 사람들에게 자리를 비워서 미안하다는 말도 없이, 아이에게로 갔다. 아빠. 아이가 앉은 자리에서 영사에게 안겼다. 이 아저씨가 그림 그려줬어. 아이는 아빠에게 그가 그려준 그림을 자랑했다. 아저씨가 그려주면 내가 색칠했어. 잘했지? 영사는 그에게 고맙다고 몇 번이나 인사했다. 여권 주시겠어요? 영사는 대기하고 있는 사람들의 도착 순서는 묻지도 않고 그의 여권을 받아 확인하고는 바로 비자를 발급해줬다. 아무도 항의하는 사람이 없었다. 사실 그중 누구도 그보다 일찍 도착하지 않았기 때문에. 영사는 그에게 아무것도 묻지 않았다. 즐거운 여행 되기 바랍니다. 볼리비아는 아름다운 곳이죠. 영사가 활짝 웃으며 그에게 손을 내밀었다. 둘은 악수를 했다. 영사의 딸이었다니. 영악한 놈. 생각보다 더 영악한 놈이었어. 고주성은 그에게 진 기분이 들었다. 특히 그의 여권의 색깔을 확인했을 때. 그가 유유히 떠나고, 영사가 모두의 비자를 대사관에 도착한 순서대로 공정하게 발급해준 뒤, 마지막으로 고주성에게 황열 예방주사를 맞았는지 확인했을 때, 고주성은 분노했다. 모든 순서를 무시하고, 절차도 없이 사적인 감정으로 일을 처리한 영사에게가 아니라, 그에게 화가 났다.

다음 날 볼리비아 라파즈 공항에서 그를 우연히 다시 마주쳤을 때, 고주성은 정말로 묻고 싶었다.

알고 있었죠?

대신.

반갑습니다, 어제 대사관에서 만났었죠.

고주성은 그에게 반갑게 인사했다.

아, 네.

우유니로 가시나요?

고주성이 물었다.

아뇨, 저는. 그럼 이만.

그는 이렇게 말하고 또 유유히 사라졌다.

그러므로 고주성은 그 얼굴을 오래 기억했다. 그리고 남미 여행에서 돌아온 지 1년쯤 지났을 때 TV에 나온 그를 보았다.

알고 있었죠?

고주성은 그를 보자마자 묻지 못한 말이 떠올랐다. 역시. 이유 없이 무시당한 기분이 들었다.

그리고 20여 년이 지난 오늘, 고주성은 그의 첫 호의를 기억해냈다.

그는 앉을 자리가 없는 고주성을 위해 소파에서 일어나 아이에게로 가지 않았던가. 그는 아이에게도, 자신에게도 그저 친절한 사람이었다. 오래, 그를 잊고 있었는데,

*

그랬구나.

당신이 그랬지.

그랬구나.

두 마디도 안 했어.

봄이, 내가 어렵게 말 꺼내려고 할 때 당신이 그랬어.

봄이, 당신이 키워. 지금까지도 당신이 키웠지. 난 한 거 없잖아.

나는 할 말이 없었어. 지금도 그래.

난 당신이 허세가 없어서 좋았어. 그때는 그게 그렇게 특별해 보이더라. 그때까지 센 척하지 않는 남자를 본 적이 없었거든. 이 사람은 좀 다르다. 그랬는데. 달라서 싫어지더라.

끝까지 아무것도 묻지 않아서 말을 못했는데. 당신이 쓸쓸해 보이는 게 싫었어. 당신 눈빛. 혼자 우두커니 앉아 있는 뒷모습. 그걸 못 견디겠더라고. 센 척도 잘 보이고 싶어서, 누군가에게 잘나 보이고 싶은 욕심에 하는 거라는 걸 내가 너무 늦게 알았지. 당신한테 무슨 욕심이 있었을까. 내가 당신을, 저기 허공에 떠 있는 당신을 끝내 땅에 발붙이게 하지 못했다는 게 너무 싫었어. 봄이가 태어나고, 울고, 웃고, 걷고, 말하고, 우리에게 와서 안기는 그 모든 순간도 당신을 발붙이게 하지 못했다는 게 너무 미워서. 당신한테 질려서. 참을 수가 없었어. 결혼 전에 당신이 그랬지. 당신은 한 번도 헤어지자고 말해본 적 없다고. 여자들에게 매번 차였다고 말이야. 당신을 버린 여자가 한둘이 아니라고. 그러니 너도 분명 날 버리게 될 거라고. 잘 생각하라고. 당신이 그렇게 만들었다는 거 알고 있었지? 상처 주는 역할 하기 싫어서. 버릴 수밖에 없게 만든 건 당신이라는 거. 원망할 수도 없게. 그냥 다 변명이야. 나 살자고 하는 변명. 근데. 그치만. 그랬구나. 그게 전부였던 거. 그거.

죽을 때까지 당신 생각은 하지 않을게. 좋은 기억도 미안한 마음도 다 잊을게. 다시는 당신에게 미안해하지 않을게.

*

자장면 1, 짬뽕밥 1, 찹쌀탕수육 1

기훈은 배달 통에 자장면, 짬뽕밥, 탕수육, 소스를 차례로 넣었다. 101동 1801호. 이 집에는 젊은 부부가 산다. 아직 아이는 없고, 사이는 나쁘지 않은 부부. 벨을 누르면, 부부가 꼭 같이 나왔다. 여자가 카드를 주고, 계산을 기다리는 사이, 남자가 음식을 받아 날랐다. 둘 중 한 사람만 나온 적은 한 번도 없었고, 메뉴도 항상 똑같았다. 짬뽕밥을 시키는 집은 이 동에 단 두 집. 3202호 남자의 메뉴는 1801호와 정확히 일치했다. 자장면 1, 짬뽕밥 1, 찹쌀탕수육 1. 차이가 있다면 3202호 남자는 혼자 산다. 한 번도 누구와 같이 나온 적이 없을뿐더러, 짬뽕밥은 혼자 사는 사람한테 좋은 메뉴예요. 두고 먹기 좋거든요. 처음 배달을 갔을 때 그가 말했었다. 한 그릇 배달 미안했는데, 좋은 방법을 찾았다고. 배달을 하고 몇 시간 뒤 그릇을 수거하러 가면, 언제나 깨끗하게 설거지 된 그릇이 문 앞에 놓여 있었다. 3202호는 탕수육 접시 위에 자장면과 짬뽕밥, 탕수육 소스 중 무엇이 담겨 있었는지 구분되지 않는 깨끗한 그릇 세 개를 포개어 내놓았다. 기훈은 함께 수거해 간 다른 그릇들과 섞여서 도로 더러워진 그릇을 꺼낼 때마다, 그 사람에게 말해주고 싶었다. 괜한 수고는 하지 않으셔도 됩니다. 3202호는 그릇을 항상 닦아서 내놔. 안 그래도 된다고 말해줄까. 내버려둬. 자기만족이지. 더럽게 내놓으셔도 된다고 하면 그 사람이 그냥 내놓을 거 같아? 그것도 성격이야. 더러운 거 집 앞에 내놓기 싫다. 그런 거지. 아내가 기훈을 말렸다. 그러게. 이상하지. 다른 집도 설거지해서 내놓는 집 많은데, 이상하게 3202호가 설거지해서 내놓는 건 청승 같다. 왜 그럴까. 그 아저씨가 말이 많아. 배달 받으면서 쓸데없는 말을 많이 해. 그게 왠지 불안해. 배달 받으면서 말 많은 사람 난 불안하더라. 원래 말이 많은 사람인가.

몇 번째였는지. 기훈은 어김없이 자장면 1, 짬뽕밥 1, 찹쌀탕수육 1을 들고 3202호 앞에서 벨을 눌렀다. 보통 3202호는 공동 현관에서 호출하고 올라가면 문을 열고 기다렸다. 그날은 공동 현관이 마침 열려 있었다. 기훈은 302호에 사는 꼬마의 뒤를 따라 들어갔다. 꼬마는 킥보드를 타고 엘리베이터까지 갔고, 홀수 층 엘리베이터를 기다렸다. 기훈은 마침 1층에 있는 짝수 층 엘리베이터를 탔고, 운이 좋다고 생각했다. 3202호의 벨을 눌렀다. 3202호는 조용했다. 한 번 더 벨을 눌렀다. 한참 만에, 잠시만요, 하는 대답이 들리고 3202호가 나왔다. 회색 잠옷 바지에 목이 늘어진 반팔 흰색 면티를 입고, 머리에 까치집을 지은 남자가 문을 열고 나왔다. 그런 3202호는 처음이었다. 3202호는 언제나 말끔한 차림으로 배달을 받았다. 막 외출에서 돌아온 사람처럼. 아니면 곧 외출할 사람처럼. 차려입고. 머리는 항상 단정했다. 일요일 낮 2시. 잠옷 차림의 3202호를 만날 거라고는 상상도 하지 못했다. 얼굴이 까칠해 보였다. 배달 왔는데요. 3202호가 멍하니 바라보기에, 배달 통을 들어 보였다. 잘못 오신 거 같아요. 저 아닌데요. 그가 한 손으로 문을 잡고, 한 손으로 얼굴을 문질렀다. 그럴 리가. 기훈은 순간 깨달았다. 아, 1801호. 죄송합니다. 제가 다른 집 배달이랑 헷갈렸나 봐요. 괜찮습니다. 안녕히 가세요. 그가 인사를 하고 문을 닫았다. 엘리베이터를 기다리는 사이, 그가 다시 나왔다. 맨발에 슬리퍼를 끌고 나온 그의 손에 종이봉투가 하나 들려 있었다. 왠지 드리고 싶어서. 아, 네, 이게 뭔지. 기훈이 황당해 하고 있는 사이, 3202호는 기훈의 손에 봉투를 쥐여주고 들어갔다. 문이 닫히고, 잠기는 소리가 났다. 기훈은 1801호에 음식을 전해주고, 엘리베이터 앞에서 봉투에 손을 넣었다. 책. 뭐 그럴 수도. 첫 장을 넘기자, 책갈피에 빨간 봉투가 들어 있었다. 안에 뮤지컬 티켓 두 장. 기훈은 가게에 도착하자마자 아내에게 책을 보여줬다. 그

거 모르고 준 거 같지? 기훈이 아내에게 물었다. 그러게. 이따 1801호 그릇 가지러 갈 때 주고 와야겠다. 뭘 그렇게까지 해. 다음에 배달시키면 가져다줘. 이 공연 날짜가 열흘 뒤야. 그 전에 시키겠지. 아니면 말고. 뭐 그럴 수도. 뭐 그럴 수도는 그렇게 중국집 카운터 위에 놓이게 됐다. 빨간 봉투는 제자리에, 책 첫 장에 그대로 꽂혀 있었다. 부부는 3202호의 이름은 몰랐고, 책에는 작가 사진이 없었다. 뮤지컬 날짜가 지난 뒤에도 3202호는 배달을 시키지 않았다. 뮤지컬 공연이 있던 다음 날, 부부는 누군가 세상을 떠났다는 기사를 인터넷 뉴스에서 보았지만, 그 이름이 카운터에 놓여 있는 책 등에도 적혀 있는 것은 알지 못했다.

자장면 1, 짬뽕밥 1, 찹쌀탕수육 1.

기훈은 1801호에 배달을 갈 때마다 3202호를 떠올렸다.

꽤 오래 궁금했지만 끝까지 올라가 보지 않았다.

얼마 뒤, 1801호는 이사를 간 거 같았다. 처음으로 1801호에서 다른 메뉴의 주문이 들어왔고, 그가 1801호의 벨을 눌렀을 때, 고등학생쯤 되어 보이는 남자가 문을 열고 나왔다.

이제 자장면 1, 짬뽕밥 1, 찹쌀탕수육 1을 시키는 집은 없었다. 자장면 1, 짬뽕 1. 자장면 2. 짬뽕 2. 자장 곱빼기 1, 짬뽕 2. 가끔 깐풍기. 더러 양장피. 어쩌다 깐쇼새우. 주로 탕수육. 배달은 끝없이 이어졌다.

연화루입니다.

여기 101동 3202호인데요.

젊은 여자의 목소리가 들렸다.

짬뽕 하나, 찹쌀탕수육 하나 부탁드립니다.

부탁드립니다. 이건 3202호가 늘 하던 말인데.

기훈은 배달통에 짬뽕, 탕수육, 소스를 차례로 담았다.

*

기억은 커다란 젤리 통 같다.

맛이 모두 다른 젤리가 가득 들어 있는 젤리 통.

끔찍한 단맛, 머뭇거리는 두 발, 고요한 호수, 빙빙 도는 파리, 상한 막걸리, 퍼석퍼석한.

젤리는 무작위로 튀어 오른다.

오늘 여러분은 어떤 젤리를 고르셨나요?

방송국 복도에서 :

오늘 오프닝 어땠어요?

늘 좋죠.

늘 그렇게 피해 가시지 말고.

왜 내 생각이 궁금합니까?

곧 1년이에요. 한 번도 말씀 없으셨잖아요.

원고야 늘 좋죠. 차 가지고 오셨어요?

그건 왜?

같은 방향이에요.

그런데요?

가면서 얘기하죠.

차 안에서 :

라디오 일한 지 얼마나 됐어요?

13년.

13년? 근데 아직도 원고가 좋은지 물어봐야 알아요?

안다고 착각하기 좋은 때죠. 듣는 게 중요한 때기도

하고요. 사람마다 생각이 다르니까.

그렇게 말하니까 내가 꼰대 같네. 젤리 같아요. 저한 테는. 좀 달고, 가끔은 이에 붙고.

계속 차 안:

회식도 몇 번 했는데, 왜 한 번도 말 안 했어요?

뭘요?

원고에 대한 얘기.

방금 그러셨잖아요. 사람마다 다르다고. 사실 별로 할 말도 없었고. 근데 그게 뭐가 됐든. 문제를 안다고 다 해 결할 수 있나. 그것도 아니잖아요. 미적분을 알아도 풀 수 없는 미적분 문제가 얼마나 많아.

여기서 미적분이 왜 나와요?

재밌잖아요.

재밌어요?

이게 제 문제예요. 고질병. 잘 알고 있지만 고치질 못 해요.

그거야말로 미지수네.

그냥 술이나 한잔하죠.

술집 앞에서:

한잔 더 할래요?

그의 집에서:

헛웃음만.

고작 몇 년 전인데.
아주 오래전 일 같다.

성아는 방송국 복도를 걸으며 생각했다.
장례식장에 가면 아는 얼굴들을 몇 만날 것이다.

*

하하하, 이게 뭡니까?

인기척입니다.

염준홍은 메시지 창을 한참 들여다보았다. 일주일 전.

귀여운 아저씨네.

강원도청의 지원으로 도내 여행지를 소개하는 책자를 만들기로 했었다. 인제는 그와 함께 간 두 번째 장소였다.

카메라 들고 산 타는 거 너무 힘들죠?

자작나무 숲을 향해 길고 지루한 오르막길을 오를 때 그가 말했다.

중노동이죠.

준홍이 숨을 몰아쉬며 대답했다.

그 뒤로 둘은 한참 숨만 몰아쉬었다.

어색한 침묵을 깨고,

누가 본인 찍어준 사진 중에 마음에 드는 사진 있어요?

그가 물었다.

글쎄요, 정작 제 사진은 별로 없죠. 뭐 누구를 찍어주기나 했지.

다시 한참.

둘은 서로의 숨소리를 들으며 비탈을 올랐다.

자작나무 숲에 도착하기 전이었는데 자작나무가 바람에 흔들리는 소리가 들려왔다.

자작나무 소리는 유독 인기척 같죠.

지나가면서 했던 말이었는데.

준홍은 메시지 창이 꺼질 때까지 휴대폰을 들고 있었다. 창이 까맣게 변했다.

*

나무아미타불 관세음보살.

수월은 합장을 했다.

30년이 넘었다.

이름을 잘못 주셨어요.

일 년에 한두 번 무녀이 찾아왔다.

나무아미타불 관세음보살.

*

아, 재수 없는 새끼. 너는 하여간 재수가 없어. 항상 한발 빠르지. 입학식 때부터 마음에 안 들었어. 너 분위기 잡고 다니는 꼴 보기 싫어서 나 1학기 마치고 군대 갔다. 근데 복학해서 재수 없게 또 만나지더라. 항상 남들이랑 다른 척. 잘 웃지도 않고. 멍하니 있는 거. 난 그게 그렇게 싫더라고. 다 괜찮은 척. 세상 아무 관심 없는 척. 우수에 젖은 척. 여유 있는 척. 욕심 없는 척. 근데 재수 없게 꼭 한발 빨랐어. 입사도 네가 먼저 했지. 퇴사도 네가 먼저. 너만 아니었으면. 네가 아니었으면. 훨씬 잘난 나 두고 너만 보니까. 돈도 내가 더 많았고, 집안도 내가 더 좋았는데. 내가 너보다 키도 크고 잘생겼잖아. 자존심이 허락하질 않더라고. 너한테 졌다는 거. 자존감은 좀 낯가리고 싶은 단어라고 해야 되나. 자존심은 갯벌에서 솟아오르는 맛 같아요. 불쑥, 어쩌다 세우고 싶은 상대를 만나면 재미있어지죠. 그 재수 없는 대답이란. 정말 참을 수가 없었어. 근데 너 이 새끼 또 한발 빠르게. 이렇게. 이 재수 없는 새끼. 뭐가 그렇게 바빠서. 뭐가 그렇게 급해서. 이 나쁜 새끼.

마진수는 영정 앞에 꽃을 놓는다.

고개를 숙인다.

눈을 감는다.

눈을 뜬다.

두 손으로 얼굴을 문지른다.

검붉다.

봄아, 밥은 먹었어? 엄마는?

*

엄마, 그 아저씨, 요즘 안 오지?

누구?

그 아저씨 있잖아. 꼭 혼자 와서 순두부찌개 먹던 아
저씨.

아, 서 씨.

어, 그래, 그 아저씨.

그러게, 요새 통 안 보이네. 다른 순두부집 찾았나?

아무래도 이 사람 그 아저씨 같아.

옥형은 딸이 보여주는 사진을 보았다.

이게 뭐야?

신문 기사.

아니, 이 사람이 왜?

유명한 사람이었나 봐. 난 몰랐지.

아니, 젊은 사람이.

옥형은 일주일에 한 번쯤 저녁 시간에 와서 꼭 순두부찌개만 찾던 서 씨를 떠올렸다.

얌전했는데.

사람이 참 깔끔했다.

밥도 소리 없이 깨끗하게 먹었지. 한 번도 소리 내는 걸 못 봤어. 반주도 꼭 소주 반병. 참이슬 빨간 거. 의자도 꼭 넣어놓고 갔다. 일부러 그랬는지. 꼭 현금 주고. 어떨 때는 하도 조용히 먹고 가서 귀신이 왔다 갔나 싶었다. 밥도 반찬도 국도 남기는 걸 못 봤어.

엄마 근데 그 아저씨 서 씨인 건 어떻게 알았어?

딸이 옥형의 생각을 끊고 물었다.

글쎄, 어떻게 알았더라. 서 씨가 말했겠지.

엄마가 묻지도 않았는데?

아, 저번에. 내가 김 씨랑 박 씨랑 심 씨가 밥 먹으러 왔길래 김 씨 딸은 이번에 대학 갔냐, 박 씨는 허리 아픈

거 좀 어떠냐, 심 씨는 손주 봤다더니 좋냐 물어봤지. 그
랬는데 조용히 밥 먹고 있다가 나가면서 그 사람이 그
러더라고.

저는 서 씨입니다.

그래서 알았지.

저녁 시간이 한참 지난 시간, 홀에 손님은 없었다. 옥
형은 주방으로 들어갔다. 냉장고에서 바지락을 꺼냈다.

작은 뚝배기에 육수를 붓고 고추장을 풀었다.

가스레인지에 불을 켰다.

*

무념 무념 무념

無念

무념. 무. 념.

無. 念.

불가능. 불능. 불.

不. 火.

불

안녕하세요.

안녕하세요, 처음 뵙겠습니다.

먼저 도착해 있던 그가 자리에서 일어나 손을 내밀었다. 그의 오른손 중지에 잉크가 묻어 있었다.

우편으로 보내드려도 되는데.

제가 몇 가지 직접 말씀드리고 싶은 내용이 있어서요.

그때 나는 입사 3년차인 편집자였고 그는 이미 책을 열 권 가까이 낸 작가였다. 회사는 어렵고, 그는 팬층이 두꺼운 1세대 여행 작가다. 사장은 아침 회의에서 이 책에 거는 기대가 크다고 했다. 원고를 읽으면서 나는 그가 궁금해졌다. *가장 강력한 종교. 누구나 일차적으로 '나'라는 종교를 갖는다. 성격과 가치관은 교리이자 금기.* 여행 작가가 쓴 책을 만드는 건 이번이 처음이었는데 사실 수많은 블로그에 있는 글들과 크게 다르지 않

을 거라고 생각했다. *어디서나 새 우는 소리가 들리면,
비가 그쳤다는 것을 알 수 있다.* 어떤 도시 이름을 검색
하든 수십 개 많게는 수천 개의 블로그 글이 검색됐다.
정보만 나열하는 글들도 많았지만, 읽을 만한 글들도 많
았다. 사진은 이제 만인의 장르가 된 것 같았고. 그의 이
름을 검색하면 그의 블로그가 제일 먼저 떴다. 인플루언
서라는 타이틀이 붙어 있었다. 몇 만 명의 구독자를 가
지고 있는 블로거. 생각보다 평범하네. 그와 손을 잡으
며 생각했다.

첫 만남 이후 그를 몇 번 더 만났다.

*입구와 출구를 알 수 없는. 골목의 끝과 끝. 욕망하지
않겠다와 욕망 없음. 내일과 어제. 잡히지 않은 것과 익
힌 것. 태어나지 않은 것과 죽은 것. 어느 쪽도 아니거나,
어느 쪽이든 상관없는. 오늘의 피로.*

이즈미르에도 골목이 있다.

그의 책을 세 권 만들었다.

無念
무. 무념.
무념.

무념.

넘.

만날 때마다 그는 약속 장소에 먼저 와 있었고, 늘 뭔가 끄적거리고 있었다.

무념, 무념

정념

무념

정념

無

뭘 그렇게 쓰세요?

서로 좀 익숙해졌을 때 내가 물었다.

습관이에요, 그냥.

무념?

그냥.

그 단어를 좋아하세요?

아뇨. 그냥.

작가님, 그냥도 습관인 거 아세요? 책에도 제일 많이

나오는 단어가 그냥이에요.

그런가요?

나는 그가 수첩 위에 써놓은 글자들을 내려다보았다.

몇 개의 無가 저기 있을까.

무를 셀 수 있다면.

쓴 무는 이미 무가 아닌데.

선생님 덕분에 군더더기가 많이 줄었어요. 감사합니다.

그가 고개 숙여 인사했다.

그는 한참 어린 나에게 여전히 존대했다.

무념. 그와 어울리는 단어인가. 그와 가장 먼 단어인가.

나는 다시 그가 수첩 위에 써놓은 글자들을 보았다.

그런데 념이요, 념도 결국 무 아닌가요?

나는 그에게 묻고 싶었다.

무념. 무. 무.

표지 샘플 몇 개 보여드릴게요. 예쁘게 잘 나왔어요.

1/2 크기로 만든 표지 시안 세 개를 가방에서 꺼냈다.

뭐 그럴 수도.

그의 마지막 책은 석 달 전에 나왔다.

삶의 모든 처음들이 모여서 단 하나의 마지막, 첫 죽음이 된다.

뭐 그럴 수도.

마지막 책 제목으로 적당한 제목이었는지 모르겠다.

마지막 책이 될 줄 알았다면 그는 다른 제목을 선택했을까.

무념.

無念

불가능. 불능. 불

不

써본다.

그와 늘 만나던 카페. 봄이다.

이번 책에 거는 기대가 큽니다.

아침에 사장이 말했다.

나는, 다른 여행 작가를 기다리고 있다.

*

커다란 캔버스가 바닥에 놓여 있다.

아주 오래전부터.

예원은 물감을 놓쳤다.

아,

발등을 잡고 주저앉았다.

인간은 왜 크기에 집착하는 걸까?

쪼그라든 성기를 늘어뜨리고 그가 말했었다.

그는 바닥에 놓여 있는 커다란 캔버스를 내려다보고 있었다.

한 달 넘게 이어진 작업은 절반가량 진행된 것 같았지만. 1시간 전, 티어가르텐에서 돌아왔을 때, 작업실에 그와 함께 들어섰을 때, 예원은 깨달았다. 실패.

왜지?

그가 고개를 들고 여전히 침대에 누워 있는 예원을 빤히 봤다.

왠지는 모르겠고. 지금 그런 문제를 제기한다는 거 말이야. 바로 이 타이밍에. 네가 거기 서서. 바로 그런 자

세로. 그건 자기가 크기에 은근히 자부심을 가지고 있다
고 봐도 좋을까?

재미있는 논리네.

예원은 이불 속에서 빠져나왔다.

큰 걸 좋아하는 게 아니라 만족을 좋아하는 거지. 욕
심에는 끝이 없거든.

아침에 덧바른 캔버스에 물감은 아직 마르는 중이
었다.

알몸에 노란 양말만 신고 있는 예원이 그의 등 뒤로
가서 허리를 감아 안았다.

근데 자기는 왜 이렇게 질문이 많아?

그의 배꼽을 만지며 물었다.

창문 여는 거지.

창문?

환기를 자주 시켜줘. 물감 냄새 때문에 머리 아프잖아.

그는 계속 캔버스를 내려다보고 있었다.

누워. 저기.

예원이 캔버스를 가리켰다.

미쳤어? 너 한 달 넘게 저것만 붙들고 있었어. 내가
여기 있는 한 달 내내 저것만 그렸잖아.

그러니까.

목소리가 단호했다.

누워봐.

그가 누웠고, 예원이 그 위에 걸터앉았다.

물감은 예원이 움직일 때마다 그의 머리카락에, 목덜미에, 등에 엉망으로 들러붙었고 나무 받침이 지나지 않는 부분의 종이는 두 사람의 무게와 압력을 이기지 못해 군데, 군데 찢어졌다.

내가 너하고 한 달 동안 엉겨 붙어서 쏟아낸 것과 여기에 쏟아진 게 뭐가 다른지 모르겠어.

양 무릎이 파랗게 물든 예원이 그에게서 떨어져 나왔다. 캔버스에 엎드려 말했다.

끝이 없네.

그가 말했고,

예원은 소리 내 웃었다. 웃음소리가 너무 커서 가구가 몇 없는 작업실이 웅웅 울렸다.

그는 눈을 감고 있었나. 뜨고 있었나.

예원은 바닥에 떨어진 물감 통을 집어 들고 일어섰다.

상처를 입히는 방식으로 사람을 사로잡는 사람. 움

켜줘는 사람. 너는 너를 그만 놓아줘야 해. 그만 너를
괴롭혀.

그의 목소리가 들리는 것 같았다.

물감 뚜껑을 닫았다.

창문을 열었다.

*

개울물, 돌다리, 호두나무.

마을 어귀에 호두나무가 서 있다.

그가 생애 단 한 번 스쳐 지나갔던 호두나무.

어느 마을 어귀에 호두나무가 서 있다.

*

왜 전화를 안 받지. 또 어디 갔나.

진장우는 컴퓨터 화면을 보며 혼잣말을 한다.

회사를 다니는 거 같진 않던데.

운동화 1, 재킷 1, 코트 1, 바지 1, 니트 3.

진장우에게 그는 좀 귀찮은 손님이었다.

전화를 주시죠. 배달 서비스가 있는데, 저희가 수거해 오고 가져다 드려요. 댁에 보통 몇 시쯤 계시는지. 세탁물 나오면 문자 하고 방문 드리겠습니다.

그가 처음 세탁물을 들고 왔을 때, 진장우가 말했다.

그때도 재킷, 니트, 코트였을 것이다.

괜찮습니다. 제가 찾아가죠.

그는 그 뒤로 줄곧 직접 세탁물을 가지고 와서 맡겼고, 어느 날 생각난 듯이 와서 찾아갔다. 한 번도 세탁물이 도착한 제날짜에 찾아간 적이 없었다.

딴에는 도와주려고 그러는 거 같은데. 제날짜에나 찾아가지. 이거야 원. 세탁소가 옷 맡아주는 데도 아니고. 벌써 보름도 지났는데.

진장우는 컴퓨터 옆에 놓인 휴대전화를 들어 그의 번호를 누른다.

이 번호는 없는 번호입니다. 확인 후 다시 걸어주시기 바랍니다.

어,

진장우는 번호를 확인한다. 전화를 하도 많이 걸어서 유일하게 외우고 있는 번호.

맞는데.

다시 한번 통화 버튼을 누른다.

이 번호는 없는 번호입니다.

똑같은 목소리를 들으며 비닐에 싸여 있는 그의 운동화를 본다.

*

선배 사표 냈을 때 진짜 멋있었습니다. 선배 동기들이 욕 많이 했죠. 다들 대놓고 그랬습니다. 기껏 나가서한다는 게 되도 않는 글 쓰는 거라고. 잘난 척은 혼자 다하더니 고작 감성팔이라고. 현실에 실패한 애들이 여행이네 뭐네 하면서 떠돌아다니는데 그게 무슨 똥폼이냐고. 선배 책 나올 때마다 선배는 단골 안주였습니다. 지금처럼요. 개새끼들. 나도 똑같은 인간입니다. 나는 선배 같은 용기는 없었어요. 지금도 없고. 까라면 까는 거지. 자리가 달라져도 다른 건 없습니다. 까라면 까는 건똑같아요. 좆 까라 그래. 저 막 입사했을 때였습니다. 선배도 몇 년 안 됐을 때죠. 좆 까라 그래. 속으로는 저도셀 수 없이 많이 외쳤어요.

그

좆 까라 그래.

세진은 혼잣말을 하며 술잔에 술을 따랐다.

앞자리에 앉아 있던 이 팀장은 들었지만, 못 들은 척 했다.

누구한테 하는 말이야. 아, 이 개진상. 오늘은 또 왜 심기가 불편해. 지가 까라는 대로 다 까는데 뭐가 문제야.

말을 하는 대신 회를 한 점 입에 넣었다.

회사 앞 횟집. 여기로 불려 나오는 게 이 팀장은 제일 싫었다.

내가 내일은 꼭 사표 쓰고 만다.

횟집에 올 때마다 다짐했다.

이 팀장 한 잔 받아.

세진이 이 팀장의 술잔에 술을 채운다.

*

ECM 침묵 다음으로 가장 아름다운 소리.

Exhibition in Seoul 2013. 8. 31 ‑ 11. 3

Ara Art Center, Insa-dong

팸플릿은 마크 로스코 그림 같았다.

하늘, 숲, 어둠. 조금 큰 엽서 크기의 종이가 위에서부터 3 : 1 : 4로 분할되어 있다. 하늘은 바다 같기도. 비 오는 날 바다. 빛이 필요한 파랑. 숲은 4월. 아직 짙어지기 전. 여린 잎들이 흔들리는. 바람이 부는 저녁. 어둠은 흙냄새가 나는. 이끼와 나무와 살이 썩는. 들숨과 날숨이 쉴 새 없이 드나드는. 팸플릿. 당신이 이 팸플릿을 건네줄 때, 나에게 어떤 바람의 냄새가 넘어왔다. 처음 맡는 냄새.

이건 무슨 뜻이에요?

침묵 다음으로 가장 아름다운 소리.

내가 태어나서 처음 본 한글.

침묵 다음으로 가장 아름다운 소리.

제목부터 아름답지 않니?

당신이 물었다.

지나친 제목 같았지만.

네, 재미있네요.

나는 대답했다.

크루아상과 에그타르트가 앞에 있었는데, 타르트 쿠키 부분에 파리가 자꾸 앉았다.

침묵이 이어졌다.

당신은 무슨 말을 할지 고르는 눈치였고 나는 할 말이 없었다.

음악 좋아하니?

자전거를 좋아해요.

나는 당신이 잊을 만하면 나를 찾아오는 이유를 알 수 없었다.

자전거를 타고 다리를 건너 구름이 가까운 동네로 달려가고 싶었다. 바람이 불어서 구름이 빠르게 움직이는 게 카페 안에서도 보였다. 나뭇잎들이 바람에 흔들렸다.

반짝, 반짝, 엘렌.

엘렌, 저기 봐. 반짝반짝 빛나는 빛 보이지? 저기 나뭇잎들을 봐.

엄마는 내가 말을 하기도 전부터 늘 그렇게 말했다.

반짝, 반짝, 엘렌. 저기 나뭇잎 보이지.

언제부터였는지 모른다. 그러니까 처음부터.

나뭇잎들이 바람에 흔들리면, 나는 엄마의 소리를 들었다. 나무에게서, 빛에게서. 반짝, 반짝, 엘렌.

침묵 다음으로 가장 아름다운 소리.

침묵 다음으로 가장 무서운 소리.

침묵 다음으로 가장 슬픈 소리.

이런 생각을 했다.

침묵은 아름다운가. 침묵은 무서운가. 침묵은 슬픈가. 침묵은 무책임한가.

이런 생각도 했다.

카운터에 서 있던 엄마가 침묵을 깨고 말했다.

좀 잘해봐. 친해지고 싶다며.

당신은 엄마를 보고 웃었다.

엄마는 왜 지금까지 침묵했을까.

파랗게 보이는 텅 빈.

나는 자꾸 카페 밖을 보고 있었다.

부담스러우면 안 가도 좋아.

이미 부담스럽게 해놓고.

그럼 이제 자전거 타러 가도 돼요?

나는 물었다.

물론이지.

당신은 웃었다. 이번에는 나를 보고.

나는 웃지 않았다.

엄마, 나 가.

카페 밖으로 나왔다. 바람이 좋았다.

페달을 밟으면서 간다, 안 간다, 간다, 안 간다,

결정하지 못했다.

엄마는 늙었다.

당신은 엄마와 나 사이.

엄마는 프랑스 사람.

나는 라오스 사람.

당신은 한국 사람.

다 이상해.

페달을 밟으면서 좋다, 싫다, 좋다, 싫다,

마음이 이랬다, 저랬다 했다.

다리를 건너 건물이 없는 옆 마을로 갔다.

공터를 한 바퀴 빙 돌았다.

익숙한 루앙프라방의 7월. 바람. 냄새.

집으로 돌아가서 ECM을 검색했다.

그다음으로 서울, 인사동, 아라아트센터.

당신은 호텔에 있다고 했다.

기다려보겠대.

엄마 생각은 어때?

네 마음대로. 별일 아니잖아.

엄마한테 별일은 뭐야?

괜히 반항하고 싶었다.

엄마의 오래된 친구라고 생각하면 어때?

친구 아니잖아.

헤어진 친구지. 다시 만난 친구고. 너무 복잡하게 생각하지 마. 좋은지 싫은지. 그것만 정해.

어떻게 그래?

넌 날 안 닮았어. 좀 단순하게 생각할 순 없어?

엄마.

나는 소리를 질렀고, 입을 닫았다.

당신을 따라가지 않았다.

궁금해지면 혼자 가볼게요. 나중에.

당신은 그 뒤로도 일 년에 한 번쯤 왔다.

내가 떠난 후에도 몇 번 왔다고 들었다.

나는 파리에서 대학을 다녔다.

엄마는 루앙프라방을 떠나고 싶어 하지 않았고, 나는 일 년에 두 번쯤 엄마에게 갔다. 엄마에게는 남편이 있었다.

한국에 가볼까 해.

학교에 한국인 친구들이 있었다. 졸업 전에 서울에 가보고 싶었다.

좋은 사람이었어. 친절한 사람.

엄마, 친절한 거랑 좋은 게 같아?

나는 여전히 엄마의 말에 동의하지 않았지만 침묵했다. 엄마는 틀렸다. 나는 엄마를 닮았다.

지독한 침묵. 오래된 침묵.

그 사람은 몰랐어. 나도 몰랐고. 너는 기적이었고.

나는 너를 그 사람의 동의 없이 낳았어. 마지막 기회라고 생각했거든. 시험관 시술만 일곱 번 실패했어. 지쳐서 이혼했고. 떠나고 싶어져서 떠났어. 방비엥에서 혼자 타고 있던 보트가 뒤집혔는데 그때 그 사람이 구해줬어. 루앙프라방에 열흘 같이 있었고. 좋았어. 어리지만 단단한 남자였거든. 그는 여행 중이었으니까 당연히 한국으로 돌아갔고, 나는 남았지. 아직 네가 온 줄은 몰랐고. 몇 년 뒤에 그 사람이 우연히 내 카페에 온 거야. 루앙프라방이 그리웠대. 그런 곳이잖아. 새벽이 꿈처럼 아름다운 곳. 그래서 내가 여전히 떠나지 못하고 있는 곳. 내가 있을 줄 몰랐대. 너의 존재는 물론 상상도 못 했고. 그 사람 놀라던 얼굴 너도 기억나지?

서울에 간다니까. 알고 가면 좋을 거 같아서.

엄마.

나는 엄마의 손을 잡았다. 엄마를 보고 웃었다. 웃고
싶지 않았지만 웃었다. 엄마를 불렀는데, 딱히 할 말이
없었다.

엘렌, 너는 성인이고. 누구의 딸도 아니야. 그냥 네 이
름으로 살아. 빛나는 너로.

반짝반짝 엘렌. 저기 빛나는 나무를 봐.

내가 아는 한 엄마는 평생 엄마다웠다.

너는 네 마음대로 살아. 네 마음을 잘 들여다보면서
살아.

엄마가 나에게 유일하게 가르친 말.

나는 당신을 만날 생각이 없다, 있다, 없다, 있다,

엄마에게 늘 묻고 싶었다.

엄마는 어떻게 그렇게 마음이 선명한지.

오래된 팸플릿을 캐리어에 넣는다.

침묵 다음으로 아름다운 소리.

내가 아는 유일한 한글.

제목부터 아름답지 않니?

당신의 질문은 그대로고 나는 자랐다. 내 대답은,

침묵과 아름다움에는 위계가 없다.

내일이면 인사동에 간다.

어쩌면 당신을 만날 수도 있겠지.

*

오전 11 : 18 백운산악회 단톡방에 링크 하나가 올라왔다.

서 모 씨가 경기 고양시 덕양구 북한산 계곡에서 숨진 채 발견됐다.

경찰은 서 씨가 눈길에 미끄러져 사고를 당했을 것으로 보고 조사하고 있다.

오전 11 : 18 이 사람 어제 그 사람 아닌가?

오전 11 : 19 어머, 맞네요.

오전 11 : 19 오늘 새벽에 발견됐답니다.

오전 11 : 23 삼가 고인의 명복을 빕니다.

오전 11 : 25 우리가 이 사람을 마지막으로 본 사람들일 수도 있겠습니다.

오전 11 : 29 기분이 이상하네요.

오전 12 : 13 삼가 고인의 명복을 빕니다.

오후 1 : 02 힘들어서 누워 있었던 걸까요. 기운 없어서 잘못 쓰러진 거 아닐까요?

오후 1 : 05 이런 얘기 불편하네요.

오후 1 : 17 여행 작가였대요. 여행도 많이 다녔다면서 조심 좀 하지. 아까워라.

오후 3 : 39 술 마신 거 아닐까요?

오후 4 : 15 그러니까 배낭에 몰래 술 챙겨오고 그런 짓 좀 하지 맙시다. 시민 의식이 없어 사람들이.

오후 4 : 16 여기서 시민 의식이 왜 나옵니까.

오후 5 : 44 이러니 나라가 개판이지.

오후 5 : 45 그나저나 다음 산행은 어디로 가요?

오후 6 : 01 정치하는 것들은 산에 좀 안 다니나.

오후 6 : 02 이번에도 북한산 어떻습니까? 회장으로서 제안합니다. 이 양반이랑 만났던 바위 위에 국화꽃 한 송이씩 올려놓으면 의미도 있고 좋을 것 같습니다만.

오후 6 : 04 좋아요!

오후 6 : 05 굿.

오후 6 : 06 굿굿.

오후 6 : 29 ㅇㅋ

오후 6 : 55 좋습니다.

오후 7 : 01 그런데 국화꽃값은 회비로 하는 건가요?

오후 10 : 07 정동진 밤바다. 참 좋습니다.

회원은 22명.

링크 옆 2는 끝내 사라지지 않았고, 3명은 끝까지 아무 말이 없었다.

*

작가님, 팬입니다.

　작가님 책은 다 가지고 있어요.

　저는 여행 작가가 꿈인 대학생입니다.

　작가님 책을 처음 선물해주신 건 고등학교 때 담임 선생님이셨어요. 뒤늦게 사춘기가 와서 방황할 때였는데, 너무 오래 걸리진 않았으면 좋겠다고 하시며 주셨습니다.

　작가님의 책들은 제 인생을 바꿔놓았어요. 그때 출간되어 있던 작가님의 모든 책을 찾아 읽었습니다.

　나는 내가 생각하는 내가 아닌 것처럼 너는 내가 아는 네가 아니다. 나는 아무것도 모른다. 아무것도 모른다는 사실을 잊지 않기 위해 나는 나로부터 달아난다. 내가 떠난 자리에 구멍이 생긴다. 구멍은 점점 많아진다. 늘어난다. 이어진다. 넓어진다. 엉망이다. 이러다 내가 빠져나온 자리에 빠져 죽을 것 같다. 내가 있다고 생각하는 나는. 나에 대한 생각이 나의 존재를 믿게 만들지만 나는 어디에도 없다. 물론, 여기에도.

　두 개의 똑같은 거울이 나란히 걸려 있는 사진. 밑에 있던 문장들입니다.

　두 개의 거울.

　커다란 두 개의 거울 어느 쪽에도 작가님이 찍히지

않은 사진. 어떻게 자신이 나오지 않게 거울 두 개를 정면에서 찍을 수 있었는지 궁금했습니다.

거울이 걸려 있던 도시는 뉴욕이었던 걸로 기억합니다. 왜 저 문장들이 좋았는지 모르겠습니다. 지금 생각해보면 당연한 이야기라서 좋았던 것 같기도 합니다. 아니요, 어쩌면 그저 거울 두 개가 마음에 들었는지도 모르겠습니다.

지난 3년 동안 열심히 아르바이트를 했습니다. 삼각김밥과 컵라면을 지겹도록 먹었습니다. 이번 방학에는 처음으로 작가님의 첫 책에 있던 도시들, 골목들을 따라가 볼까 합니다. 거울들이 걸려 있던 벽 앞에 서면, 사진의 비밀을 알아낼 수도 있을까요? 높고 하얀 벽 앞에서. 저도 제가 나오지 않게 사진을 찍을 수 있을까요? 어디에도 없다는 나를. 작가님은 '나'는 어디에도 없다고 하셨지만. '나'를 떠난 당신은 나와 함께 있는 당신입니다. '나'는 사라져도 당신은 사라지지 않습니다. 나는 너로 현전합니다. 고맙다는 인사를 전하고 싶었습니다. 고맙습니다.

희재는 그의 블로그에 글을 남겼다.

고맙습니다. 마지막 문장은 소리 내 읽었다.

*

캄캄한 밤.

별은 보이지 않는다.

저 멀리 빛나고 있는 것은,

*

뭐 하나 물어봐도 돼?

뭐 그런 걸 물어. 애들도 아니고.

그냥.

글쎄.

생각 좀 하고 대답해.

그런가?

그건 아냐.

그럼 뭐지?

글쎄.

그런 게 있나?

없는 게 좀 더 중요하게 느껴지긴 하지.

뭐가 없는데?

힘들어.

이거 좀 봐.

티나 내지 말든가.

이건 어제 찍은 건데.

우울해?

그냥.

벌써. 시간 잘 간다.

잘 생각해봐.

돈?

세월이 너무 빨라.

우울증도 방치하면 심해지는 거 알지?

그렇다 치고.

너무 늦었다.

그런가?

자유는 무야. 무는 견디기 힘든 거고.

가자.

어디 아픈 덴 없지?

그런데.

그래서 넌?

자아가 있는데, 자유로울 수가 있나.

그래도는 무슨 그래도야.

저기 길 건너 공터.

그냥.

잘 모르겠어.

생각으로 견디나. 견디는 건 몸이지.

응, 아직.

저녁은?

그래,

가,

　현경은 그와 마지막으로 만났던 날을 떠올렸다.

　그는 현경의 유일한 친구였다. 둘은 태어나서 20년 가까이 옆집에 살았다. 현경의 언니와 그의 누나는 가장 친한 친구였고, 넷은 벌거숭이 시절부터 줄곧 같이 어울렸다. 무는 견디기 힘든 거고. 그날 그의 누나와 현경의 언니는 약속 장소에 나오지 않았다. 그의 누나는 갑자기 중요한 골프 약속이 잡혔다고 했고, 현경의 언니는 시댁에 급한 일이 생겼다고 했다. 둘은 만났다. 점심을 먹고 커피를 마시고 헤어졌다. 술은 다음에 넷이 하자. 현경의 차에서 내리면서 그가 말했다. 형님한테도 안부 전해주고. 현경은 백미러로 그가 현경의 차가 사라질 때까지 서 있는 것을 보았다. 저것도 성격이지.

무는 견디기 힘든 거고.

누가 그걸 몰라. 모른 척. 왜 그걸 못해.

누구의 말이 누구의 말인지 알 수 없어졌다.

견딜 수가 없어.

등에 업힌 두 살배기 손녀가 울었다.

*

바로 이 그림 앞에 멈춰 서기까지

한번은 베를린에서 뮤지엄 패스를 끊었다. 뮤지엄 패스로 하루에 세 개의 미술관을 보고 호텔에 들어가서 맥주 한 캔 마시고 자는 일정의 반복. 나는 어떤 그림 앞에 멈춰 서는지 잘 모르겠다. 추상과 구상의 문제인지. 빛과 색의 문제인지. 화가와 화풍의 문제인지. 아우라와 날씨의 문제인지. 그날은 호텔을 중심으로 남쪽에 있는 미술관들을 돌아볼 생각이었다. 빈손으로 호텔 방을 빠져나왔다. 바람이 찼다. 고개를 숙이고 걷다가 횡단보도 앞에 세 번 멈추어 섰다. 옆 사람이 움직이면 고개를 들어 신호를 확인하고 길을 건넜다. 가는 길에 체크포인트 찰리가 있었고, 사람들이 검문소 앞에서 사진을 찍었다. 군복을 입은 사람이 검문소를 지키고 서서 사람들과 사진을 찍어줬는데 군인인지, 아르바이트인지 궁금했다. 그사이 구름이 조금 움직였고, 해가 나왔다. 새벽까지 비가 왔는지 땅은 젖어 있었다. 마트에 들러 물을 한 병 샀고, 감기약을 먹었다. 다시 걷기 시작했다. 어린이집 앞에 작은 놀이터가 있었다. 아홉 개의 나무 도막을 돌리면 머리, 몸통, 다리를 바꿔 새로운 조합의 사람을 만들 수 있는 놀이 기구 앞에 서서 머리, 몸통, 다리를 모두 아홉 번 바꾸어보았다. 놀이 기구 아래 작은 물웅덩이가 있었다. 아이들이 여기 자주 서 있기 때문일까. 시립 미술관은 길 건너에 있었고, 길을 한 번 더 건너야 했다. 빨간불. 멈춰 서서 건너편 펍의 맥주 맛을 상상했다. 초록불. 길을 건넜고, 뮤지엄 패스. 떠올렸다. 뮤지엄 패스를 호텔에 두고 나왔다. 바로 돌아서지 않고 잠깐 망설였다. 그냥 입장권을 끊고 들어갈까. 급할 것도 없는데. 돌아섰다. 빨간불. 앞쪽에 내가 돌려놓은 나무 도막 사람들이 맞지 않는 머리와 몸통과 다리를 하고 있었다. 요리사 모자를 쓴 남자가 입은 빨간 스커트. 금발의 파마 머리 여자의 다리에 난 무성한 털. 같은 것들이 보였다. 초록불. 길을 건넜고, 작은 물웅덩이를 피해 걸었다. 체크포인트 찰리 앞을 지날 때 군인은 보이지 않았다. 화장실에 간 걸까. 퇴근한 걸까. 그사이 구름은 조금 더 멀리 흩어졌다. 햇살을 등에 맞으며 호텔을 향해 걸었다. 두 번. 횡단보도 앞에 멈추어 섰고, 호텔의 엘리베이터를 기다렸고, 방문을 열고 들어가, 두고 나온 뮤지엄 패스를 찾았다. 그때 화장대 거울을 봤던가. 내 표정이 어땠는지 생각나지는 않는데. 잠깐 멈춰 서기는 했다. 화장대와 침대 사이에 엉거주춤하게 서서, 같은 길을 또 걸어야 하다니, 생각했다. 방문을 닫고 나와서 엘리베이터를 기다렸다. 반복. 엘리베이터 문이 열렸다. 남자와 여자 한 명씩 두 사람이 타고 있다. 차이. 엘리베이터가 1층에서 멈추고 문이 열린다. 남자가 좋은 하루 보내요. 인사를 한다. 차이. 횡단보도까지 걷는다. 횡단보도 앞에 멈춰 선다. 반복. 빨간불. 반복. 옆에 사람이 와서 선다. 반복. 옆 사람이 발끝으로 인도의 보도블록을 톡톡 찬다. 차이. 초록불. 반복. 오토바이 한 대가 신호를 무시하고 달려간다. 차이. 횡단보도의 흰 부분만 밟고 건넌다. 반복. 똑같이 흰 부분만 밟으며 건너오던 여자와 부딪힐 뻔 한다. 차이. 아슬아슬하게 피한다. 카페 아인슈타인에서 커피를 마시고 있는 사람들과 눈이 마주친다. 거짓. 아인슈타인 커피는 한 블록 앞에 있다.

　걸어온 길이 달랐다면.

　_일간지에 실린 그날의 칼럼.

*

　영화 제목은 기억나지 않고.
　그가 현지의 손을 잡았던 순간.
　그의 스무 번째 생일.
　현지는 그가 민망해할까 봐 잠깐 기다려줬다. 1분? 2분? 현지에게는 아주 긴 시간처럼 느껴졌다. 용기를 냈을 것이다. 긴장하고 있는 게 느껴졌다.
　어떻게 하면 덜 민망하게 손을 뺄 수 있을까.
　현지는 그와 어색해지고 싶지는 않았다.
　1분? 2분?

그의 손을 잠깐 힘주어 잡았다. 꽉 잡았다 놓는 느낌으로. 그리고 손을 빼내 콜라가 담긴 컵을 잡았다. 한 모금 마시고, 5분? 10분? 콜라를 그대로 들고 있었다.

영화의 엔딩 크레딧이 올라가는 동안, 현지는 고민했다.

어떻게 하면 가장 자연스러울 수 있을까.

현지의 고민이 끝나기 전에 극장에 불이 켜졌다.

근처에 현경이 있을 거야. 같이 밥이나 먹을까?

현지는 일어서며 말했다.

어, 그러던가.

그의 얼굴을 보지 않았다.

현지는 그날 저녁을 먹는 동안 그에게 너는 현경이나 다름없는 동생이라고. 일곱 번이나 동생, 좋은, 평생, 친구라는 단어들을 언급했다. 전혀 자연스럽지 못했다.

누나가 제 첫사랑이었어요. 행복하게 해주세요.

현지의 남편을 처음 만난 날, 그는 웃으며 말했다.

고등학생 때도 그는 까까머리를 하고 가끔 웃었다.

너 어른스럽다는 말 많이 듣지?

누나가 어떻게 알아?

현지는 그의 방 문턱을 밟고 서 있었다.

누나, 복 나가.

그가 현지의 발을 가리켰다.

보면 알지.

현지는 문턱에서 내려섰다.

우리 누나는 아직도 내가 자기 따라다니는 꼬맹이인 줄 알아.

욕실에서 희선이 젖은 머리를 수건으로 감고 나왔다.

언제 왔어?

좀 전에.

현지는 희선을 향해 돌아섰다.

물 떨어진다. 얼른 말리고 나가자.

근데 어른스럽다는 말은 어른이 아니라는 말이야.

현지는 불쑥 그의 방으로 들어가서 말했다.

그의 어깨에 손을 얹었다. 두 번, 툭툭 쳤다. 그의 얼굴이 금세 새빨개졌다.

어른한테는 아무도 어른스럽다고 안 하잖아. 잘 생각해봐.

현지가 그의 어깨를 한 번 더 툭, 치고 나갔다.

현지는 그의 혼잣말을 들었다.

뒤돌아보지 않았다.

중학교에 막 입학한 그의 키가 처음으로 현지의 키를 앞질렀을 때.

누나, 이제 내가 오빠다.

그래. 너 오빠 해.

현지가 자신보다 키가 한 뼘은 더 큰 그의 머리에 손을 얹고 쓰다듬었다.

어허. 누가 오빠 머리를 막 쓰다듬어. 오빠가 쓰다듬어줘야지. 동생, 오빠 말 잘 들어. 알았지?

그가 현지의 머리를 쓰다듬었다.

근데 꼬맹아, 키만 크면 오빠라고 생각하는 오빠가 어디 있니? 꼬맹이들이나 그렇게 생각하지.

현지가 그의 어깨를 두 번, 툭툭 쳤다.

그의 얼굴이 순식간에 새빨개졌다.

귀엽긴. 뭘 맨날 빨개져. 토마토냐. 꼬맹이 토마토니까 꼬마 토마토?

한동안 현지는 그를 꼬마 토마토라고 불렀다.

오늘 급식에 뭐 나왔어?

닭볶음탕, 오이무침, 방토.

방토가 뭐야?

엄마, 방토 몰라? 방울토마토잖아.

고등학생 막내아들이 방토를 처음 가르쳐줬을 때 현지는 그를 떠올리고 웃었다.

방토, 귀엽네.

지금도 아무 때나 얼굴이 빨개지려나.

방토, 밥은 먹고 다니니?

현지는 언젠가 요르단에 있는 그에게 문자를 보냈다.

하얀색 비닐이 씌워진 테이블 위에 접시가 놓여 있다.

접시 위에 방울토마토가 놓여 있다.

현지는 방울토마토 하나를 집어 든다.

*

'이다'는 필연이다.

나는 내 어머니의 아들이다.

'되다'는 우연이다.
나는 당신과 잠시 우리가 된다.
필연과 우연 사이에 내가 있다.
텅 빈, 나.

협회에서 주관하는 여행 작가 아카데미 12주 과정을 등록했던 이유는 단 하나. 7주차에 예정된 그의 강연 때문이었다. 그를 한번 만나고 싶었다. 8명의 여행 작가와 2명의 사진작가가 10주에 걸쳐 특강을 진행하는 형식이라고 했다. 마지막 2주는 각자 글을 쓰고 발표하는 시간. 다른 사람들 앞에서 내 글을 발표해야 한다는 부담이 있기는 했지만 그때 가서 마지막 2주는 결석을 하면 되니까, 하는 마음으로 신청을 했다. 나는 그의 책을 다섯 권 가지고 있었다. 그의 글은 대체로 적당히 가벼웠다. 문장의 무게를 정확히 알고 쓰는 사람. 다섯 권의 책에 지나치게 무거운 문장은 단 하나도 없었다. 그는 절대로 끝까지 가지 않는다. 내가 그의 책에서 처음 읽은 문장은 '이다'는 필연이다,였다. 적당히 그럴듯해 보이는 문장.

하지만.

'이다'는 우연이다.

나는 화학과 학생이다.

'되다'는 필연이다.

수소와 질소의 혼합기체를 반응시키면 암모니아가 형성된다.

우연과 필연의 합.

사방으로 흩어지는 암모니아 냄새.

어떻게 바꿔도 대충 말이 되는 문장들.

싫은 건 아니고, 그냥 한번 만나고 싶었다.

너는 적당한 게 없어. 항상 지나쳐. 항상.

내가 학교에서 선생들한테 가장 많이 들은 말이었으니까.

그는 힘없이 들어왔다. 힘이 없어 보이기로 한 건지. 진짜 힘이 없는 건지. 암튼. 느릿느릿 들어와서 화이트보드 앞에 섰다. 이미 6주간 진행된 특강. 6명의 작가는 모두 성의껏 PPT를 준비해왔다. 자신이 찍은 사진이나 쓴 글들을 보여줬고 특별한 사진을 찍기 위한 방법, 좋은 글을 쓰기 위한 기술 같은 것들을 열심히 설명했다. 그는 빈손이었다. 준비해온 자료도, 강의안도, 긴장도 아무것도 없었다. 게다가 자기 이름을 화이트보드에 쓰고 2분쯤 지났을 때는 아예 화이트보드에 기대어 섰다. 여기 저 사람 이름 모르는 사람도 있나. 자세마저 성의가 없군. 나는 속으로 생각했다.

질문을 받죠. 제가 생각을 해봤는데 저는 특강은 못할 것 같습니다. 특별한 것도 강의도 둘 다 저하고는 안 어울려서요.

나는 손을 들었다.

그럼 왜 특강을 하겠다고 하신 거죠? 애초에 거절하실 수도 있었잖아요?

그러게요. 사회생활이라고 해두죠.

그의 말에 대다수가 웃었다.

여러분이 여기 12주 과정을 다니신다고 들었습니다. 이미 6주 특강을 들으셨다고요. 그사이 생긴 궁금증이 있으면 질문을 해주세요. 그러면 제가 답할 수 있는 선에서 답을 해보도록 하겠습니다.

여행 작가가 되려면 어떻게 해야 하나요?

맨 앞자리에 있던 사람이 손을 들고 물었다. 짧은 머리에 야구 모자를 쓰고 있어서 성별을 알 수 없었다.

여행을 하시고, 글을 쓰시면 되겠죠? 뭐 저처럼 블로

그에 그 글을 올리셔도 좋고요. 아니면 원고를 써서 출판사에 직접 투고를 하시는 방법도 있겠죠. 당연한 얘기 하고 있다, 그런 표정들이신데요.

몇몇이 웃었다.

좀 더 당연한 얘기를 해보자면. 여행도 하고 돈도 벌고 좋겠다. 그런 말씀들을 많이 하세요. 그런데 저는 여행을 정말 좋아하시면, 그냥 돈은 다른 일로 버시고, 여행은 일로 만들지 말라고 말씀드리고 싶네요.

그러면 작가님은 왜 계속 하시나요?

저는 이미 다른 일을 하기에는 좀 늙었고,

사람들 몇이 또 웃었다. 진짜 늙은 사람은 하지 않는 말. 늙음을 웃음거리로 만드는 말.

한 번 이직한 경험이 있어서 이직의 피곤함을 잘 알거든요.

그는 몸을 전혀 움직이지 않고 있었는데, 나는 그가 건들거린다고 느꼈다.

전에 무슨 일 하셨는지 여쭤봐도 될까요?

처음 질문을 했던 야구모자가 또 질문을 했다.

떠올리고 싶지 않네요.

그가 진저리치는 시늉을 했다.

몇몇이 또 소리 내 웃었다.

나는 불쾌했다. 농담 따먹기나 하면서 시간을 때우시 겠다?

작가님에게 여행이란?

내 앞앞 자리에 앉은, 빨간 양말을 신은 남자가 물었 다. 남색 정장 바지 아래로 드러난 빨간 발목이 계속 눈 에 거슬리던 참이었다.

일이죠.

다녀와서 글을 안 쓰시면 일이 안 되지 않나요?

습관이 돼서 카메라, 노트북, 외장 하드, 배터리 이런 것들을 놓고 여행을 못 가요. 여행이라는 게 떠나는 건 데, 떠나는 일이 돌아가는 일이 돼버린 거죠. 그러니까 떠날 데가 없어졌다고 해야 되나. 여행은 일이고, 일은 중독이고, 중독은 죽음이죠.

어떻게 하면 그렇게 적당한 글을 쓰실 수 있습니까?

내가 물었다.

혹시 안티?

사람들이 웃었다. 저런 썰렁한 농담에 웃어주다니. 아 주 팬 미팅 현장이 되어가고 있구나.

적당하게 봐주시면 고마운데. 제 글은 적당하다기보

다는 가볍죠.

너무 겸손하신 거 아닙니까.

맨 뒷자리에 앉아 있던 사람이 마치 반대쪽 산 정상에 있는 사람에게 소리치듯이 큰 소리로 말했다.

여럿이 소리 내 웃었다. 그는 웃지 않았다.

작가님은 여전히 '이다'는 필연, '되다'는 우연이라고 생각하시나요? 그래서 필연과 우연 사이에 자신이 있다?

나는 또 지나쳤다. 몇몇 사람들이 나를 돌아봤다. 빨간 양말을 신은 남자와 눈이 마주쳤다.

필연과 우연이 크게 다르지 않다고 생각합니다. 필연도 우연도 연이니까요. 연은 그러한 것이고요. 그냥, 그러한 것. 저는 그러하고자 했으나 그러하지 못할 때가 더 많은 그러한 사람입니다. 그러니 여전히 필연과 우연 사이에 있을 수도 있겠죠. 필연과 우연은 돌고 도니까요. 필연과 우연이 다르다는 생각을 해본 적이 없어요. 사실. 필연과 우연의 합은 공이죠. 그러한 공을 필과 우로 나눈 건 인간이고요. 여러분과 제가 여기서 만난 건 우연입니까? 필연입니까? 어떤 분은 우연으로 어떤 분은 필연으로 생각하시겠죠. 그런데 3년쯤 후에 말입니다. 어떤 분이 여행 작가가 되셨다고 가정해봅시다. 그 분이 우연히 여행을 갔다가 제 책을 어느 게스트하우스 책장에서 마주친 겁니다. 그러면 그분이 오늘의 만남을 그때에 가서 우연이었다고 생각하실까요? 우리 사이에 어떤 인연이 있었던 거라고 생각하실까요? 필연도 우연 도 결국 해석하기 나름이겠죠. 사후에 이름 붙이기 나름 이고요. 뭐 그런 거 있잖아요. 작가가 되고 나서 어릴 때 를 떠올려보니, 국어 선생님이 우연히 지나가면서 한마 디 했던 거죠. 넌 작가가 되면 좋겠구나. 그러면 그 과거 에 선생님이 우연히 한 말은 현재에 의해서 필연이 되 죠. 나는 작가가 될 운명이었다. 뭐 이런 서사가 완성된 다고 할까요. 그냥 그런. 어떤 우연은 필연이 되고 어떤 필연은 우연이 되기도 하겠죠.

여러 사람이 수긍을 해서 *끄덕*이는지, 그냥 *끄덕*이는 지 *끄덕*였다.

그는 역시 적당했다. 적당히 피해갔다. 필연과 우연이 다르다는 생각을 해본 적이 없어요. 그는 오류를 인정하 지 않고, 오류의 원인을 제거하는 방식으로 내 질문을 비껴갔다.

그런데요 선생님, 제 생각은 어쩌다 옳기도 할까요?

자신이 없네요. 생각은 보통 흘러요. 흐르고 싶은 대로. 그래서 한번 시작되면 방향을 바꾸기가 쉽지 않고요. 저는 쉽게 휩쓸립니다. 끌려가요. 또 가끔은 마치 음악에 그런 것처럼. 흘려요. 갑자기 시작되는. 툭 끊기는. 리듬을 타고. 조금씩 계속 죽어가고 있죠. 여러분과 마찬가지로.

사람들이 또 웃었다.

그는 이제 제일 앞자리 빈 책상에 걸터앉아 있었다.

양말을 신지 않았군.

나는 면바지와 로퍼 사이에 드러난 그의 발목을 그 시간이 끝날 때까지 보고 있었다. 그 뒤로 그가 무슨 말을 더 했는지, 어떤 질문과 대답이 더 오갔는지 기억나지 않는다.

왜 시비를 걸고 싶었지?

나는 나에게 묻고 있었다.

나는 화학과 학생이 아니었고.

그의 죽음은 필연이었을까. 우연이었을까. 어느 쪽이든. 그러한 일은 일어나지 말았어야 했다. 그의 특강을 들은 지 3년이 지났고, 나의 첫 책은 인쇄소에 있다. 길어도 일주일이면 책이 나올 것이다.

당신은 여행 작가이다.

당신은 죽은 여행 작가가 되었다.

어느 쪽이 우연인가. 어느 쪽이 필연인가.

나는 이제 어디에 가서 물을 수 있나.

*

김수민은 도로를 바라보고 있다.

눈이 오네.

김수민은 계속 도로를 바라보고 있다.

눈이 많이도 오네.

김수민이 바라보고 있는 도로, 횡단보도 앞에 세 명의 사람이 서 있다. 둘은 우산을 썼고 한 명은 털모자를 썼다.

눈이 와서 그런가.

횡단보도의 신호가 초록으로 바뀌고 세 명이 길을 건넌다. 셋 중 체크무늬 우산을 쓴 남자가 약국 문을 열고 들어온다.

어서 오세요.

김수민은 남자가 길 건너 2층 비뇨기과에서 나올 때부터 보고 있었다.

올겨울은 눈이 귀했는데 하필 오늘 눈이 오네요.

남자가 처방전을 김수민에게 건네며 말한다.

하필 오늘. 병원에 오는 날 하필이라는 뜻인가.

생각하며 김수민은 말한다.

그러게요, 눈이 많이도 오네요.

처방전을 들고 조제 공간으로 들어간다. 10평 남짓한 약국. 김수민은 하루에 75회쯤 이 조제 공간을 오갔다.

비뇨기과에서 오는 처방은 거의 똑같았다. 2주치 약을 담았다.

오늘따라 손님이 별로 없네.

김수민은 종이봉투에 약 포지를 넣으며 조제 공간 바깥으로 나왔다.

하루에 한 번, 주무시기 전에 드시면 됩니다. 혹시 다른 약 복용하시는 거 있나요?

혈압약이요.

전립선 약은 처음 드시는 건가요?

체크무늬 우산은 처음이었다.

네.

병원에서 설명 들으셨겠지만 기립성 저혈압이 나타날 수 있어요. 어지러우실 수 있으니까 누웠다가 일어나시거나 할 때 천천히 움직이시는 게 좋고요. 혈압약은 보통 아침에 드시죠? 이 약은 주무시기 전에 드시는 게 좋아요.

네, 술은 마셔도 되죠?

빨리 낫고 싶으시면 술, 담배, 커피 다 안 하시는 게 좋죠.

그러니까 약하고 절대 같이 먹으면 안 된다, 그런 건 아니죠?

하필 오늘. 술 약속 때문이었나?

생각하며 김수민은 대답했다.

네.

체크무늬 우산은 종이봉투를 점퍼 주머니에 대충 구겨 넣었다.

안녕히 가세요.

문을 밀고 나가는 체크무늬 우산을 향해 김수민은 인사를 했다.

대답 대신, 문이 닫히고 체크무늬 우산이 펼쳐지는 게 보였다.

하루 종일 눈이 오려나.

김수민은 도로를 바라본다.

횡단보도에서 두 사람이 길을 건너고 있다. 둘 중 한 명이 비뇨기과로 들어가는 것이 보인다.

드시고 있는 약 있나요?

혈압약 먹고 있습니다. 복용한 지 2년쯤 됐어요.

그가 처음 약국에 왔을 때 김수민은 오늘처럼 물었었다.

드시는 약이 있나요?

모든 환자에게 물었고, 비뇨기과에서 오는 30% 정도의 환자는,

혈압약이요.

대답했다.

그는 별 특징 없는 환자였다. 네. 네. 네.

그는 올 때마다 이렇게 세 번 반복했다.

지난번과 같은 약이에요. 하루 한 번, 주무시기 전에 드시면 됩니다.

네.

약 드시면서 불편한 건 없죠?

네.

안녕히 가세요.

네.

몇 달 전, 약국 바로 위층에 있는 정형외과에서 손님들이 대거 내려온 적이 있었다. 근처에서 교회 버스가 급정거하는 바람에 많은 부상자가 나와서 정형외과의 처방 건수가 늘었을 때였다.

그는 비뇨기과에서 나왔다. 김수민은 도로를 보고 있었다.

신호가 초록으로 바뀌고, 그가 길을 건너는 게 보였다. 그가 약국 문을 밀고 들어왔다. 뒤이어 5명 정도의 할머니들이 단체로 들어왔다. 그는 뒤를 돌아봤고, 한발 뒤로 물러섰다. 할머니들이 차례로 처방전을 내고, 약을 받고, 설명을 듣고, 모두 돌아갈 때까지, 도로를 보고 서 있었다. 다섯 번째 할머니까지 모두 나가고, 그가 처방전을 내밀었다.

기다려주셔서 감사합니다.

김수민이 말했다.

뭐 하나 여쭤봐도 될까요?

그가 약국에 다니기 시작하고 처음으로 질문을 했다.

네, 그럼요.

약국 이름 직접 지으셨나요?

네?

예전부터 궁금했거든요. 병원은 다들 자기 이름 걸고 하는데, 왜 약사 이름 건 약국은 드물까.

아. 네, 제가 지었어요. 국밥도 이름 걸고 팔면 더 맛있을 거 같잖아요.

3년을 넘게 다니고 그걸 이제야 물어보다니.

김수민은 웃으며 약 포지에 약을 담았다.

지난번과 같은 약이에요. 하루 한 번, 주무시기 전에 드시면 됩니다.

네.

약 드시면서 불편한 건 없죠?

네.

안녕히 가세요.

네.

싱거운 사람.

김수민은 그가 서 있던 자리를 보았다. 그가 서 있던 자리 앞 유리에 약국 이름이 쓰여 있었다.

밖을 보고 있는 줄 알았는데.

김수민은 도로를 보고 있다.

버스가 지나간다. 버스에 앉아 있는 사람들이 일렬로
고개를 숙이고 있다.

해가 많이 길어졌네.

그 아저씨 올 때가 지났는데.

버스가 지나간다.

병원을 옮겼나.

김수민은 비뇨기과에서 한 남자가 나오는 것을 본다.

신호가 바뀐다.

앞에 눈 안 쓸어요? 넘어질 뻔했네.

남자가 약국 문을 열고 들어서며 말한다.

어서 오세요.

                              *

『욕심쟁이 거인』은 오스카 와일드가 1888년에 발표
한 동화다. 나는 삼촌을 욕심쟁이라고 생각한 적은 한
번도 없었다. 거인은 물론 아니었고.

엄마, 동화책 읽어줘.

엄마 지금 너무 바빠. 오빠한테 읽어달라고 해.

읽어줘.

동생이 제일 많이 하던 말이었다. 동생은 초등학교에 입학할 때까지 한글을 몰랐다. 엄마는 규리에게 한글을 가르치지 않았다.

엄마, 한글을 가르쳐. 왜 안 가르치는 거야?

글자 알면 끝이야. 글자를 몰라야 상상도 하고, 생각도 하고 그러지.

쟤 어차피 아무 생각 없어.

이규원!

매일의 반복이었다. 아빠는 일주일, 길게는 보름에 한번 집에 왔다.

규리 잘 놀고 있지?

엄마가 전화를 걸어 수시로 물었다.

이규리가 내 딸이야?

나는 싫었다. 아빠가 집에 자주 못 오는 것도, 엄마가 밤늦게나 퇴근하는 것도. 다 싫었다. 이규리의 오빠인 건 제일 싫었다.

규원아, 삼촌이 우리 집에 와서 잘 거야. 엄마 3일 뒤면 오니까 규리 잘 챙기고. 엄마, 아빠 없을 땐 네가 규리 보호자인 거 알지?

엄마는 출장을 갈 때마다 말했다.

생각해보면 규리가 태어나기 전에도 나는 몇 번이나 삼촌과 둘이 잤다.

퇴근을 하자마자, 짐을 챙겨서 나가는 엄마와 삼촌은 교대했다.

삼촌이다.

규리는 삼촌에게 뛰어가 안겼다.

애들 저녁 좀 먹여. 부탁할게. 고마워.

엄마는 신발을 신으며 아직 현관에 서 있는 삼촌에게 말했다.

딸, 사랑해. 아들, 엄마가 많이 사랑하는 거 알지.

엄마가 나가고 현관문이 닫히고 문이 잠기는 소리가 들렸다.

삼촌, 동화책 읽어줘.

규리가 동화책 한 권을 바닥에 질질 끌며 욕실로 들어가는 삼촌을 잡았다.

삼촌 손 좀 씻고. 규원아, 우리 저녁 뭐 먹을까?

아무거나.

자장면 시켜 먹을까?

그러든가.

사춘기야?

나는 5학년이었고 규리는 6살이었다.

읽어줘.

규리가 욕실에서 막 나온 삼촌의 다리를 두 팔로 감아 안았다.

규원아, 네가 주문 좀 해. 너 먹고 싶은 걸로.

욕심쟁이 거인.

삼촌은 욕심쟁이 거인을 소리 내 읽었다.

"거인은 천국에 갔어요."

동화가 끝났다.

신기한 동화네. 무슨 동화가 신과 죽음에 대해 이야기하지?

삼촌이 혼잣말을 했다.

삼촌, 그거 그런 동화 아니거든.

거인이 신의 정원으로 갔다니.

그거 아이들과 소통하라는 얘기야. 우리 집 어른들이 읽어야 되는 이야기라고.

근데 애들이 이걸 이해하나?

삼촌이 자꾸 혼잣말을 했다.

삼촌은 자주 혼잣말을 했다.

삼촌, 근데 천국이 뭐야?

그때 규리가 물었다.

천국?

야, 이규원. 천국은 네가 대답해줘야겠다. 너희 교회에서 천국 뭐라고 그래?

천국? 저세상.

뭐?

삼촌이 웃었다. 삼촌이 그렇게 크게 웃는 건 처음이었다. 규리가 놀라서 삼촌을 바라봤다.

자장면이 마침 도착했고, 우리는 자장면과 탕수육을 먹었을 것이다. 나는 그 뒤로도 여러 번 자장면과 탕수육을 먹으며 중학생이 됐고, 고등학교를 졸업했고, 대학을 다녔다. 나를 키운 건 팔 할이 자장면이다. 삼촌은 그 사이 결혼을 했고, 아빠가 됐고, 이혼을 했다. 여전히 자장면을 자주 시켜 먹는 거 같았다.

욕심쟁이 거인.

나는 삼촌을 한 번도 욕심쟁이라고 생각하지 않았지만.

그래서 삼촌은 천국을 뭐라고 생각해?

묻고 싶었다.

오랜 시간 뒤에.

삼촌이 천국을 뭐라고 생각했든.

아빠, 천국이 뭐야?

딸이 물었을 때,

대답 대신,

"거인은 천국에 갔어요."

나는 한 번 더 소리 내 읽었다.

저세상이 뭐가 그렇게 웃겼어.

삼촌처럼 혼잣말을 했다.

거인이 정원에 누워 있었다.

*

3202호 베란다에 빛이 들었다.

밤사이 시클라멘 세 송이가 올라왔다.

빨래 건조대에는 세 장의 팬티와 두 켤레의 양말, 일곱 개의 수건이 바싹 말라 있다.

*

파슈파티나트 사원에서 만났어.

그땐 그 사람이 여행 작가인 건 몰랐고.

그날 내내 기분이 이상했어. 불길이 타오르는 걸 한참 동안 보고 있었거든. 다 태운 재를 더러운 물에 흘려보내는 것까지. 몇 번이나. 그 꽃 이름이 뭔가. 지금도 모르겠다. 주황색 꽃 무더기에 불이 붙고, 그 아래 누운 몸에 옮겨 붙고, 활활 타고, 사그라들고, 재가 남고, 남은 재를 강으로 밀고. 두 구, 세 구의 시신이 동시에 타기도 했어. 나는 그 재가 흐르는 강 건너편에 앉아 있었고, 내 뒤쪽으로 사원이 있었어. 사진은 차마 못 찍겠더라. 입장료를 내고 거기, 관광을 갔었다니. 화장터가 관광지라니. 인간들 웃기지?

그날 거기 해가 질 때까지 앉아 있었어. 많은 사람이 오고 갔어. 누군가가 가까이 앉았다가 일어나 옷을 툭툭 털고 떠났어. 해가 지니까 춥더라. 초승달이 예뻤어. 일어서는데 배가 고프더라고. 그것도 웃기지? 암튼 더 어둡기 전에 여길 빠져나가야겠다 생각하니까 괜히 마음이 급해지더라고. 캄캄해지면 영 도망가지 못할 거 같았다고 해야 되나. 주위에 사람은 거의 없었어. 뛰다시피 빠른 걸음으로 걸었어. 입장료를 내고 통과했던 문을 나설 때, 이상하게 마음이 놓이더라. 사람들이 사는 세상으로 안전하게 돌아온 것처럼. 근데 마침 앞에 남자 하나가 천천히 가고 있더라고. 동양인. 뒷모습일 뿐인데, 우리나라 사람 같았어. 이상하게 엄청 반갑더라. 뛰어서 그 사람의 걸음을 따라잡았지. 한국 사람이었어. 내 또래. 알고 보니 숙소도 근처더라고. 배 안 고프세요? 맥주 한잔하실래요? 내가 물었지. 그 사람이 웃었어. 배고플 때 맥주 마셔요? 많이 마시거든요. 나도 웃었어. 서로 약간 취기가 돌았을 때. 목소리도 좀 커지고, 말도 좀 많아지고, 괜히 인연인 거 같고, 그럴 때. 그가 카메라를 켜서 사진을 보여줬어. 몇 장 넘기다 보니 내가 거기 앉아 있더라고. 멀리서 찍은 사진이었는데, 강 건너를 바라보고 있는 내가 꼭 붉은 점 같더라. 몇 무더기의 잿더미. 흘러가는 물. 눈부시게 파란 하늘. 이 사진 저 주세요. 내가 그랬지. 그 사람이 보름 뒤쯤 사진을 메일로 보내줬어. 나는 그 사람 블로그에 들어가 봤지. 여행 작가였구나. 알았어. 파슈파티나트 사원이라는 제목의 글이 있더라. 사진을 꽤 많이 찍었었는데. 그날 그 사람 카메라에 화장터 사진이 정말 많았거든. 아침부터 해가 질 때까지 종일 거기 있었더라고. 근데 말이야 그 글에는 사진이 한 장도 없었어. 클릭해서 들어갔는데 아무것도 없더

라. 빈 페이지 제일 끝에 마침표 하나만 있었어. 모니터
에 묻은 먼지 같은. 한 1년 반쯤 만나나. 새 책 나왔다는
소식이 들리면 한 번씩 잘 사는구나, 그랬어. 그게 다였
는데. 이상하게 그 사원에 다시 가보고 싶네. 그날. 다시
는 오지 말아야지 했었는데.

주영은 한 손에 맥주 캔을 들고, 꺼진 TV 앞에 앉아
있다. 옆에 애지와 중지가 있다. 애지가 주영의 허벅지
를 두 발로 번갈아 꾹꾹 누른다.

                           *

기석래는 3202호에 지난 5일 동안 매일 왔다.
택배는 전날 그대로 쌓여 있었다.
어딜 갔나.
어딜 잘 가지.
언제 오나. 관리실에 맡길 걸 그랬나.
문 앞에서 2초간 고민했다.
오겠지.
두 개의 택배를 어제의 택배 위에 내려놓고 돌아섰다.

빠르게 엘리베이터에 올라탔다.

엘리베이터가 36층으로 이동하는 사이,

보통 길게 집을 비울 때는 관리실에 맡겨달라고 문자를 했던 거 같은데.

생각했다.

기석래는 3202호와 다섯 번 마주쳤다.

안녕하세요, 감사합니다.

3202호는 볼 때마다 깍듯했다. 두 번은 여자와 함께 있었다.

혼자 사는 거 같았는데.

괜히 이상한 기분이 들었지만,

엘리베이터가 36층에 도착했다.

택배 상자를 3601호 앞에 내려놓았다.

3202호에 대한 생각도 함께 내려놓았다.

빠르게 엘리베이터로 돌아갔다.

*

저 아가씨 혼자 왔어?

신경 꺼.

꽤 치는 거 같은데.

신경 끄라고.

당구장 홍 사장은 피곤했다. 봄이만 오면 당구장 남자들이 슬며시 다가왔다.

아가씨, 당구 좀 치나 봐요. 400, 드문데.

봄이에게 직접 다가가서 말을 거는 쪽은 더 피곤했다.

손님, 제 딸입니다.

홍 사장은 거짓말도 해봤다.

아, 사장님, 따님. 그래서 조기교육이 된 건가?

오히려 더 피곤해졌다.

봄이는 초등학생 때부터 본 진짜 딸 같은 손님이다.

한 달에 한 번은 꼭 왔다. 아빠 손을 잡고 와서 자장면만 먹고 가던 꼬마가 어느새 큐대를 잡고, 아빠와 게임을 하고, 가끔은 혼자 와서 아빠가 여행을 갔으니 아저씨가 좀 같이 치자고, 살갑게 굴었다.

봄이는 5년째 혼자 오고 있다.

전처럼,

아저씨, 한 게임 하실래요?

묻지 않는다.

조용히 와서 40개의 길을 풀면 집에 간다.

사람들이 무슨 말을 해도 대답하지 않고, 웃지 않고, 화내지 않고 묵묵히 길만 본다.

어떤 길로 칠 것인가.

이걸 제일 먼저 생각해.

꼭 두 개 이상의 길을 봐.

봄이가 묵묵히 당구를 치고 있는 걸 보면 언제나, 봄이에게 당구를 처음 가르치던 그의 모습이 떠올랐다.

어떤 길로 칠 것인가.

봄이가 큐대를 들고 가만히 당구대를 내려다보고 있으면 마음이 덜컹했다.

400.

봄이에게 길은 그리 오래 생각하지 않아도 보일 것이다. 홍 사장은 봄이가 간 뒤에 몇 번이나 당구대에 물방울이 떨어져 있는 것을 닦았다.

그만 오라고 할까?

그에게 묻고 싶었다.

한 게임 할래요?

손님, 그분 저희 선수예요. 지금 훈련 중이라.

홍 사장은 또 한 번 실패할 거짓말을 생각해낸다.

다른 남자가 홍 사장에게 다 안다는 듯, 살며시 다가

와 묻는다.

저 아가씨 지난달에도 봤는데, 단골이에요?

*

코코, 우리 집으로 데려왔어.
박선화는 썼다.

코코는 잘 지내.
일주일 뒤, 박선화는 썼다.

코코가 문 앞에 서 있어.
열흘 뒤, 박선화는 썼다.

코코가 울어.
보름 뒤, 박선화는 썼다.

병은 삶의 밀도를 극단으로 밀고 간다.
고통과 슬픔. 고독과 불안. 이런 단어들은 병의 밀도
속에서 녹아내린다.

언어가 관여할 자리는 없다. 반쯤 벌리고. 팔다리를.
입을. 눈동자를.

무방비.

여기에서 살아남는 동사는 하나다. 당하다.

삶은 압도당한다. 질식당한다. 부동의 자세로.

꼼짝없이 누워 있다.

언젠가, 박선화는 썼다.

*

퐁피두 앞 광장에서 맥주 마시기.

로댕 미술관 분홍 장미 찾기.

오랑주리 수련의 방에 아침부터 저녁까지 있어 보기.

오르세 미술관에서 그림만 보고 작가 이름 맞히기.

루브르에서 길 헤매다 모나리자 만나기.

선은호는 파리의 미술관 투어라는 주제로 짧은 글을
썼다. 이 글에 제안한 다섯 가지 미션이 글의 중앙 부분
에 볼드체로 실렸다. 아래쪽으로 자신이 찍은 로댕 미
술관 분홍 장미 사진. 미리 파일을 받아 확인했고, 만족

스러웠다. 잡지가 배달되어 올 때까지, 선은호는 모르고 있었다. 잡지의 표지에 그의 이름이 있었다. 인터뷰. 선은호는 자신의 글보다 먼저 그의 인터뷰를 펼쳤다.

김 : 여행지 중에 가장 좋았던 곳은?
서 : 거기가 어딘지 모르겠는데.

시작부터 마음에 안 들었다.
거기가 어딘지 모르겠는데. 모르면 말을 말지. 꼭 이런 식.

김 : 모르는 곳?
서 : 이름을 모르는 곳이라고 하는 편이 더 정확하겠네요. 바닥이 젖어 있어요. 진흙 바닥인데 약간 축축해요. 발이 빠지는 정도는 아니고. 신발이 살짝, 살짝 붙었다 떨어지는. 걷는 중인데 앞은 안 보여요. 안개가 자욱해서 걷고 있는 길이 보이지 않아요. 보이진 않지만 길이 아주 넓은 밭 사이로 나 있다는 건 알고 있어요. 안개 냄새에 섞여 풀 냄새가 나요. 옆에 누가 있고. 음악이 들려요. 노래. 하늘, 아래, 좁은, 골목길, 이런 가사였던

거 같아요. 천천히 오래 걸어요. 노래가 끝나지 않고 계속돼요. 이 길을 잊지 못하겠구나. 깨달아요. 손을 잡고 있어요. 계속 걸어요. 이런 기억이 있고, 여기가 어딘지 몰라서 다시 못 가고 있습니다. 혹시 그때 제 옆에 계셨던 분이 이 인터뷰를 보신다면, 저에게 알려주시면 좋겠네요.(웃음)

　김 : 여자 분이었겠죠?(웃음)

　인터뷰 나와서 혼잣말하고 있네. 혼잣말은 혼자 있을 때 하라고.

　네가 욕망하는 걸 내가 욕망하지 않는다고 해서 네가 분노하거나 두려워할 필요는 없어. 물론 너는 나를 알 필요도 없고. 지치면 눈을 감아. 악을 쓰고, 울지 말고. 혼자 잠들 줄 몰라서 우는 애처럼 굴지 말라고.

　그의 말이 떠올랐다.

　형이 좀 사람 불편하게 하는 데가 있죠. 알죠?

　선은호는 세 번째 책이 나왔을 때, 출판사에서 만든 술자리에서 그에게 딱 한 번 시비를 건 적이 있었다.

그런가요?

그가 웃었다.

왜 다른 척해요?

취한 거 같네요.

왜 다른 척이야?

선은호 씨와 제가 이렇게 무례해도 되는 사이는 아니죠.

그런 사이가 따로 있나. 재수없으면 무례해지는 거지.

그가 자리에서 일어섰다. 선은호는 따라 일어섰다. 그의 왼쪽 어깨를 주먹으로 툭 건드렸다.

씨팔. 왜 다른 척 하냐고. 왜. 왜 다른 척이야.

언성이 높아졌다. 테이블에 있던 사람들이 모두 일어섰다.

네가 이해해. 얘가 책 나오고 괜히 심란한가 보다.

편집장이 선은호의 팔을 잡았다.

네가 욕망하는 걸 내가 욕망하지 않는다고 해서 네가 분노하거나 두려워할 필요는 없어.

그때 그가 조용히 말했다.

내가 너한테 나를 이해시켜야 할 필요는 없지 않나. 사람 다 거기서 거기라고 생각하지? 근데 그 한 끗 차이.

거기서 거기에 빠져 죽을 수도 있는 게 인간이야.

　선은호는 그날을 잊지 못 했다.

　그래, 난 열등감도 많고, 그러니까 당연히 질투도 많아. 사람이 다 그렇지. 씨팔. 그 인간은 마치 자기는 안 그런 것처럼. 자기는 다른 사람들이랑 다른 것처럼 굴잖아. 그게 재수가 없어. 그 자식 속을 알 수가 없다고.

　사실 그가 도착하기 전부터 선은호는 취해 있었다.

　그래서 네 잘난 욕망은 뭔데? 다른 그 욕망이 뭐냐고?

　선은호는 묻지 않았다.

　그날 이후로 그의 이름을 보면 휴대폰을 꽉 쥐었다.

　네가 욕망하는 걸 당연히 나도 욕망할 거라고. 다른 사람들도 다 똑같이 욕망할 거라고 믿는 거. 그거 일종의 폭력이야. 이제 좀 지겹다.

　그는 끝까지 낮은 목소리로 선은호의 오른쪽 어깨를 잡고 말했다. 손아귀의 힘이 느껴졌다.

　이제 좀 지겹다.

　선은호는 이 마지막 말을 잡혔던 어깨의 얼얼한 통증과 함께 가장 오래 생각했다. 분명히 취했었는데, 그의 말은 선명하게 기억에 남았다.

또 다른 누군가.

인터뷰 마지막에 그는 말했다.

그건 친절이 아니고 예의죠. 저한테는 거리를 유지하는 방식이기도 하고요. 어디에도 돌을 올려놓고 싶지 않아요.

선은호는 잡지를 덮었다.

쥐고 있던 휴대폰이 울렸다. 전화를 받지 않았다.

메시지가 들어왔다.

*

주마등은 "무엇이 언뜻언뜻 빨리 지나감을 비유적으로 이르는 말"이다.

*

조세연과 박준하는 저녁 뉴스를 보고 있었다.

어, 저 사람.

그래, 그 사람 맞지?

맞아, 그 아저씨네.

한 달 전, 그들은 남해로 여행을 다녀왔다. 다 그만두고 여기 내려와서 살고 싶다. 암자로 이어지는 숲길을 달리면서 조세연은 생각했다. 다 그만두고. 높이 솟은 삼나무들이 끝없이 이어졌다. 그만두고도 살 수 있으면 그만두세요. 그만둘 만하면요. 근데 제일 그만두기 힘든 건 뭘까요? 나 아닌가요. 직장을 그만둘 때 그래서 제일 중요한 건 내가 그만둔 직장 밖의 삶을 견딜 수 있는 나인가. 돈을 지금의 반의반만 벌어도 견딜 수 있나. 직장을 떠나서 나는 어떤 나인가. 이런 거 같아요. 제가 드릴 수 있는 답은 이 정도인 거 같네요. 조세연은 지난주 퇴근길에 들었다. 라디오 프로그램에 나온 여행 작가에게 청취자가 질문을 보냈다. 직장을 그만두고 세계 여행을 떠나고 싶은데, 어떤 선택이 좋은 선택일까요? 최근에 뭐 그럴 수도,라는 책을 낸 작가라고 했다. 나는 나를 그만둘 수 있는가. 뭐 그럴 수도. 다 그만두고. 뭐 그럴 수도. 조세연이 끝없는 삼나무 길에 빠져 있을 때. 절은 왜 절이라고 할까. 절에서 절을 많이 해서? 박준하가 물었다. 아재니? 다 그만두고. 조세연은 웃었다. 그들의 차가 절 앞에 도착했다. 목적지 부근입니다. 안내를 종료합니다. 포장도로에서 마지막 우회전. 3대의 차가 주차되어 있었다. 순간. 후진으로 튀어나온 그의 차와 그들의 차가 스치듯이 부딪쳤다.

조금 전, 그들은 그때의 부딪침과 거의 비슷한 정도의 충격을 받았다.

너무 안됐다.

그러게.

조세연은 아무것도 그만두지 않았고.

그들은 다시 한 달이 흐르기 전에 이날의 뉴스를 잊었다.

*

뉴스가 방영되는 사이. 전철은 여러 차례 한강철교를 건넜다.

전철 객차 내에 있던 사람들 중 몇은 강을 내려다봤다.

불빛들이 강에 떠 있었다.

전철은 빠르게 강을 건넜다.

강가를 따라 자전거를 타고 있던 사람은 전철이 한강 철교를 빠르게 통과하는 것을 보았다. 불빛들이 하늘에 떠 있었다.

그날 퇴근길에 많은 사람이 그에 대한 기사를 읽었다. 클릭. 클릭.

주머니에 휴대전화를 넣고 각자의 집으로 돌아갔다.

여러 개의 방에 불이 켜졌다. 꺼졌다.

클릭, 클릭.

그는 켜졌다, 꺼졌다.

*

~~111111~~

~~111112~~

~~111113~~

~~111114~~

~~111115~~

1분 후에 다시 시도하십시오.

서봄은 계속 시도했다. 1분 후에 다시 시도하십시오.

~~111116~~

~~111117~~

~~111118~~

~~111119~~

~~111110~~

1분 후에 다시 시도하십시오.

번호를 적고, 입력하고, 틀린 번호 위에 줄을 그었다. 1분. 새 번호를 적고, 입력하고, 틀린 번호 위에 줄을 그었다. 서봄은 쉬지 않고 번호를 입력했다.

6자리 숫자의 경우의 수.

서봄은 전날 소파에서 잠들었다.

현관 비밀번호를 입력하고, 집으로 들어와서 소파에 앉았다. 베란다로 눈을 돌렸다. 시든 시클라멘이 보였다. 수건 일곱 장이 나란히 걸려 있었다. 팬티와 양말도 보였다. 다시 눈을 돌렸다. 소파와 마주하고 있는 거실 벽면에 책장이 나란히 서 있다. 책장을 바라보다, 고개를 왼쪽으로 돌렸다. 빈 식탁. 위에 약 봉투가 놓여 있다.

약 봉투 옆에 휴대폰이 있다.

휴대폰은 발견되지 않았다고 했다. 근처에 떨어졌을 수도 있다고 했다.

서봄은 일어섰다. 식탁으로 가서 아빠의 휴대폰을 집어 들었다. 방전이 됐는지 꺼져 있었다. 충전기를 찾아 서재 방으로 들어갔다. 멀티탭에 충전기가 꽂혀 있었다. 쪼그려 앉아 휴대폰을 충전기에 꽂았다. 잠깐 그대로 있었다. 휴대폰이 켜지고 바탕 화면이 눈에 들어왔다. 바다. 암호 입력. 000000. 여섯 개의 숫자를 입력했다. 입력한 암호가 사라졌다. 현관 비밀번호와 같은 번호를 입력했다. 입력한 번호가 사라졌다. 다섯 번째 새로운 번호를 입력했을 때, 1분 후 다시 시도하십시오,라는 메시지가 떴다. 1분. 서봄은 일어섰다. 책상 위에 노트가 여러 권 있었다. 그중 제일 위에 놓여 있는 노트를 들고, 연필꽂이에서 연필을 한 자루 꺼냈다. 노트를 펼쳤다. 다행히 새 노트. 아빠의 글씨는 없다. 방금 입력했던 번호 다섯 개를 연달아 적었다. 번호 위에 줄을 그었다. 책상 의자에 주저앉았다. 1시간. 2시간. 서봄은 그대로 있었다. 다섯 개의 틀린 숫자에 눈을 두고 그대로 있었다. 책상 위에는 노트, 연필꽂이, 노트북 외에 아무것도 없다.

창으로 들던 빛이 줄고 방이 어둑해졌다. 서봄은 일어섰다. 충전이 완료된 휴대폰을 뽑아들고, 거실로 나갔다. 소파에 앉았다. 번호를 입력했다. 다시 입력했다. 1분을 기다렸다. 다시 입력했다. 밤. 캄캄한. 휴대폰 불빛에 눈이 아팠다. 계속 입력했다. 1분을 기다렸다. 언제 잠이 들었는지 모르게 소파에 모로 누워 잠이 들었다. 아침에 눈을 떴을 때 제일 먼저 보인 건 책장에 꽂힌 책들. 『경계의 음악』 『살아있는 미로』 『인간과 말』 『우울과 몽상』 『이기적 유전자』 『공기와 꿈』. 서봄은 눈을 감았다. 아빠, 책을 좀 기준을 가지고 정리해보는 건 어때? 책의 크기라든가, 장르라든가, 주제라든가. 출판사나 책등 색깔은 어때? 책이 너무 들쑥날쑥 키도 다르고 내용도 다르고. 어울리는 애들끼리 있어야 책들도 좋지 않을까? 아빠, 듣고 있어? 서재 방에서 아빠가 나왔다. 응? 뭐라고? 못 들었어. 아니야, 됐어. 어울리는 애들이 뭐? 들었어, 들었어. 서봄은 눈을 떴다. 생각을 멈춰야 했다. 일어났다. 욕실로 들어갔다. 세수를 하려고 세면대 앞에 섰다. 칫솔 걸이에 칫솔이 걸려 있다. 두 개. 꼭 티를 내야 돼? 싫어? 싫으면? 네 칫솔도 걸어줄까? 됐어, 안 싫은 걸로 해. 물이 쏟아진다. 두 손 가득 물을 담는다. 얼굴을 문지른다. 반복한다. 차갑다. 거울을 본다. 욕실 수납장을 연다. 짙은 회색 수건이 나란히 10개. 동그랗게 말려 있다. 아빠, 수건은 흰색이 좋아. 그래야 더러워지면 바로 바꾸지. 난 회색이 좋아. 네 거 흰색 사둘까? 수건을 꺼내고 수납장을 닫는다. 얼굴에 물기를 닦는다. 아빠 냄새. 음, 수건 냄새 좋다. 아빠, 섬유 유연제 바꿨어? 이 냄새 좋다. 아빠한테도 요즘 이 냄새나. 근데 아빠 빨래할 때 섬유 유연제 너무 많이 쓰는 거 아니야? 피부에 안 좋대. 베란다에 새것 있어. 갈 때 가져가. 수건을 얼굴에서 뗀다. 욕실 문을 열고 나온다. 주방으로 간다. 냉장고 문을 연다. 500㎖ 생수가 30개쯤 열 맞춰 있다. 한 병을 꺼낸다. 아빠, 그냥 정수기를 쓰는 게 어때? 매번 주문하는 거 귀찮지 않아? 사람들 왔다, 갔다 하는 게 더 귀찮아. 아빠 컵 씻기도 귀찮아서 500㎖로 사는 거지? 티 났어? 아빠는 다 티나. 그러니까 엄마가 외로웠지. 엄마가? 아빤 스님이 됐어야 했다고. 스님이나 되지 결혼은 왜 했냐고. 엄마가 맨날 그랬어. 엄마한테 잘해. 또, 아빠는 맨날 그 소리. 둘 다 지겹지도 않나 봐. 엄마 잘 지내지? 아저씨가 엄마한테 잘해. 난 아저씨한테 잘하려고 하고. 착하네, 우리 딸. 나 내년쯤 독립하려고. 왜? 아빠가 맨날 그랬잖아. 인생 어차피 각자 사는 거라며. 엄마 인생은 엄마 인생이고 아빠 인생은 아빠 인생이라며. 아무도 원망하지 말라며. 그래, 그럼. 집 구할 때 얘기해. 아빠가 사주게? 아니. 에이. 각자 살자고. 아빠는 꼭 결정적일 때 그러더라. 서봄은 냉장고 앞에 서서 생수 한 병을 다 마신다. 빈병을 베란다 재활용 쓰레기 수거함에 버린다. 수거함에 빈 생수병 몇 개가 들어 있다. 배낭에 빈 물병만 두 개 있었습니다. 배낭을 돌려주면서 경찰이 말했다. 서봄은 돌아섰다. 거실로 돌아왔다. 소파에 앉았다.

171819.

지구.

안쪽 바탕 화면이 나왔다.

171819?

헛웃음이 났다. 무의미한 숫자.

171819.

읽지 않은 문자 메시지 57개.

부재중 전화 12개.

이동우, 서봄, 서봄, 박선화, 박선화, 박선화, 서봄, 박선화, 서봄, 박선화, 이름이 입력되지 않은 국제전화번호, 누나였다.

　서봄은 부재중 전화 목록을 보다가 휴대폰을 내려놨
다. 주머니에 휴대폰을 넣고 일어섰다. 밖으로 나갔다.

　코코는 내가 어제 데려왔습니다.

　장례식장에서 아빠의 애인이 말했었다.

　실제로 만나는 건 처음이었다.

　코코 보고 싶은데.

　주머니 속에서 양쪽 손에 휴대폰을 쥐고 엘리베이터
를 기다렸다.

　아빠의 휴대폰에 연락처가 있다.

　엘리베이터의 문이 열렸다.

　연락하지 않을 것이다.

　서봄은 엘리베이터를 타고 내려가는 동안 결심했다.

　6층에서 엘리베이터가 멈춰 섰다. 한 여자가 탔다. 서
봄을 빤히 봤다. 나를 아나? 할 말이 있는 얼굴인데. 서
봄도 여자를 빤히 봤다. 여자가 시선을 피했다. 엘리베
이터의 문이 열리고 6층 여자가 먼저 내렸다.

　서봄은 한 달쯤 뒤 겨우 용기를 냈다. 다시 방전된 휴
대폰을 충전하고, 171819 암호를 누르고, 두 번째. 떠

오르는 지구를 봤다.

사진 폴더를 열었다.

아빠 사진은 한 장도 없었다. 자작나무 숲, 눈, 해 질 무렵, 서봄, 바다, 모래, 서봄, 나무, 길, 지붕, 서봄, 골목, 새벽, 바닥, 서봄, 해, 밤, 서봄, 전깃줄 위에 앉은 새, 서봄, 서봄, 서봄, 나무, 구름, 낙엽, 서봄.

각자 살자며.

서봄은 사진 폴더를 닫았다.

메모를 열었다.

"'양자론' 우주의 궁극적인 철학인가?"

"日, 후쿠시마 오염수 해양 방출로 가닥… 가장 현실적."

"화석에서 못 찾은 고대 인류 흔적, 산 사람한테서 나왔다."

"나비 애벌레를 집으로 데려와 돌봄 서비스… 개미는 '공생의 왕'."

"극단적 귀차니즘? 7년째 같은 자리 지킨 동굴 도롱뇽."

메모는 하나도 없었다. 전부 기사의 링크를 메모에 저장해둔 것들이었는데, 시간 역순으로 저장되어 있는 거 같았고, 셀 수 없이 많았다.

　서봄은 마지막 메모인 동굴 도롱뇽을 클릭했다. 기사를 읽었다. 움직이지 않고 가만히. 한자리에 가만히. 일년 내내 가만히. 2년, 3년 가만히. 서봄은 소파에 앉아 기사를 읽었다.

　극단적 장소 집착,이라는 말이 눈에 들어왔다.

　극단적 장소 집착.

　서봄은 3202호로 이사했다.

　서봄은 매일 소파에 앉아서 잠이 들었다.

　서봄은 눈을 뜨고 제일 먼저 책 제목을 읽었다.

　경계의 음악.

　살아 있는 미로.

　서봄은 출근했다. 퇴근했다.

　서봄은 베란다에 빨래를 널었다.

　창문을 열었다. 닫았다.

　서봄은 시클라멘이 피는 계절을 기다렸다.

　서봄은 생수를 주문했다.

　시클라멘이 폈다, 시들었다.

　서봄은 사랑했다. 이별했다.

　서봄은 퇴사했다. 입사했다.

171819.

서봄은 매일 떠오르는 지구를 봤다.

극단적 지구 집착.

그사이. 서봄은 한 달에 한 번, 당구장에 갔다.

흰 공 위에. 빨간 공 사이에. 흰 공이 빨간 공과 부딪치는 소리에. 흰 공이 세 개의 초록 벽을 차례로 두드릴 때. 두 개의 길이 동시에 보일 때. 하나의 길이 어렵게 풀려. 초크를 바닥에 떨어뜨리고. 앉았다. 일어나면서. 큐대를 잡고, 내려놓고. 당구대에 기대. 딸랑, 문이 열리는 소리에. 아가씨, 혼자 왔어요? 조기교육이라는 말에. 운동화 끈이 풀려서. 넘어질 뻔하다가. 사장님의 걱정스런 시선이 느껴져. 담배 냄새. 다른 사람들이 시킨 자장면이 배달되어 오고. 자장면 위에 완두콩. 하나둘 옮기는 젓가락. 아빠의 손. 어디에나 아빠가 있어.

신이 인간들 사이에 존재하는 것처럼.

부재의 방식으로 편재하는. 신과 똑같은 방식으로.

인간은 신과 꼭 같은 방식으로 존재하는구나.

문득 혼잣말을 하다가.

나도 아빠처럼 혼잣말을 하는구나. 혼잣말도 혼자 못 하게. 아빠가 또.

서봄은 당구대를 가만히 내려다보다 혼잣말을 했다.

각자 살자며.

길이 보이지 않았다.

살자며.

당구대에 눈물이 떨어졌다.

*

안녕하세요, 청취자 여러분. 오늘도 어김없이 조사의 시간이 돌아왔습니다. 지난 시간은 '밖에'의 시간이었죠. 너밖에. 나밖에. 그렇게밖에. 뜻밖에. '밖에'에 관한 많은 사연이 기억납니다. 지난주에 집에 가서 그런 생각을 했어요. 집밖에 나를 반겨줄 곳이 없구나.

오늘의 조사는 '에게'입니다.

'에게'는 국어사전에 따르면 유정 체언의 뒤에 붙어, 행위가 미치는 대상임을 나타내는 부사격조사라고 합니다. 유정 체언은 감정이 있고 움직이는 형태의 체언이고요, 무정 체언은 감정이 없고 움직이지 못하는 체언이

　　　　　　　　그

라고 해요. 말하자면 여러분과 저는 유정 체언이겠죠. 나무는 무정 체언이고요. 나에게, 너에게, 엄마에게, 애인에게. 친구에게. 무엇이든지 좋습니다. 여러분의 '에게'를 기다릴게요. 그럼 잠시 광고에게. 광고 듣고 만나요.

유빈은 헤드폰을 벗었다.

조사의 시간은 급하게 만들어졌다. 매주 목요일 저녁, 1년 넘게 같이 방송을 했던 그가 떠나고, 빈자리를 새로운 게스트로 바로 채우기보다 잠깐 유예기간을 갖자는 것이, 작가와 PD와 유빈의 공통적인 생각이었다.

그에게.

유빈은 그와 개인적으로 만난 적은 없었다. 그와 방송을 하면서도 그의 책을 읽지 않았다. 유빈은 여행서를 좋아하지 않았고 가끔 그가 대본에 없는 말들을 할 때, 꼰대가 다 되었다고 생각했다. 나도 조심해야지. 유빈은 그를 보면서, 자칫, 꼰대가 되는 건 순간이라는 사실을 늘 스스로에게 강조했다.

그런 그가 이 시간이면 생각났다.

그에게.

두 번째 광고가 끝나갈 때 헤드폰을 다시 썼다.

첫 번째 사연은 7702님이 보내주신 사연입니다.

　나무에게. 나무, 미안. 너한테 감정이 없다고, 너를 무정 체언이라고 정의하는 인간들의 무정함을 사과할게. 너에게 기대고 있으면, 너를 안고 있으면 마음이 조용해져. 너에게 위로받는 기분. 나이테가 하나, 둘, 늘어갈 때 너는 어떤 감정을 느낄까. 어쩌면 정말 무정할까. 너의 표정이 궁금하다.

　유빈은 사연을 읽었다.

　순수한 영혼이 느껴지는 사연이네요. 7702님의 귀엽고 순수한 마음에 제가 오히려 위로를 받는 기분입니다. 상품 보내드릴게요.

　그에게.

　조사의 시간은 빠르게 지나갔다.

　조차, 부터,

　커녕, 마저,

　유빈은 그가, 유빈은 그의, 유빈은 그를,

　어쩌다 생각했다.

　"유정 체언은 감정을 가지고 있고 움직이는 형태의 체언이다."

　그가 떠나고.

　얼마 지나지 않아, 청취율 부진으로 PD가 문책을 당

했다.

　유빈의 자리에 새로운 DJ가 왔다.

　마지막 조사는 '까지'

　지금까지 함께해주신 여러분 감사합니다.

　유빈은 인사를 했다.

*

David Bowie, Where Are We Now?

Justice Der, Astrothunder

Rival Consoles, Untravel

Wild Beasts, The Fun Powder Plot

Needle&Gem, 어깨소리

　이동우는 다섯 곡을 순서대로 들었다.

　최근 몇 주 사이 그가 늘 듣던.

　이동우는 완전히 몰입할 수 있는 음악을 좋아했다.
듣고 있으면 그 음악 자체가 되게 해주는 음악. 자신을
잠시 사라지게 만들어주는 음들. 가득 찬 소리. 울림.

　그 순서 그대로.

매번 극단적으로 달라져, 도무지 취향을 종잡을 수 없는. 종횡무진.

그의 이번 선곡은 오히려 선명한 분리를 가져왔다. 한 곡 한 곡의 성격 때문인지, 배열 때문인지, 조합 때문인지.

음악에 주종마저 맞추는 인간.

지겹다 지겨워. 다른 거 좀 틀어봐. 아님 *끄든가.* 이게 술이냐 약이냐.

마지막으로 만난 날. 그의 차에 틀어져 있던 노래.

와 지긋지긋한 놈. 너는 이상한 고집이 있어. 왜 같은 것만 들어. 그것도 병이지. 근데 또 그걸 주기적으로는 왜 바꾸는 거야? 그것도 이상해. 너 내가 보기에 강박 있어. 것도 다양하게 가지가지로. 인정하지?

자식이 말이 많아.

그와 이동우는 지겹게 티격태격했다.

이동우의 유일한 술친구. 남중, 남고를 같이 다닌 전우.

그리고 이제 배신자.

이동우는 집 앞에 세워놓은 차 안에서 술을 마셨다.

다섯 곡이 끝나기 전에 한 병을 다 비웠다.

그래서 네가 진짜로 좋아했던 노래는 뭔데.

지긋지긋한 놈.

차 문을 열고 밖으로 나왔다.

바람이 차가웠다.

아내가 잠든 방으로 들어가 누웠다.

마지막 곡의 새소리가 자꾸 귓가에 맴돌았다.

지긋지긋한 놈.

아내가 벽 쪽으로 돌아누웠다.

*

사막이 아름답게 보인다면.

그건 가까이 있는 사람 때문이다.

끝없는 사막.

이따금 부는 바람.

적요.

주변에 아무도 없다면.

사막은 공포일 뿐.

사막은 멀리 있지 않다.

사막에 와서야 나의 내면이 사막이라는 것을 깨닫는다.

안인승은 사하라의 듄에서 그의 책을 펼쳤다.

인간한테 질려본 적 없는 사람인가.

사람을 사막보다 훨씬 더 끔찍한 지옥으로 만들기도 하는 게 인간인데.

고개를 들었다.

사막이 아름다웠다.

*

요양 병원에서 한 노인이 창밖을 바라보고 있다.

노란 은행잎이 흔들린다.

*

봄이의 연락을 받고, 동아리 단톡방에 공지를 올렸다.

검정색 옷을 찾아 입었다.

장례식장으로 가는 버스 안에서 조문하는 법을 검색했다.

장례식장은 처음이었다.

상복을 입은 봄이는 어른 같았다.

너무 울어서 작아진 것도 같았다.

나는 할 수 있는 말이 없었다.

봄이를 안았다. 안고 같이 울었다.

윤하의 남편은 윤하의 장례를 치르고, 윤하의 물건들을 정리했다.

아들 내외가 주말에 찾아와 돕겠다는 것을 겨우 말렸다.

매일 조금씩.

윤하가 평생 쓴 일기를 읽었다.

*

가지마다 잎이 돋았다.

하루 종일 비가 왔다.
매미가 울기 시작했다.

구름이 빠르게 움직였다.

바람이 불었다.

해가 뜨고, 졌다.

그가 잠깐 살아 돌아온다면.

이 소설은 처음부터 다시 쓰여야 할 것이다. 그는 그들의 오류를 수정하려 할 것이다. 나는 그때. 이렇게 말할 것이다. 이건 내가 아니야. 이런 말도. 사실 난. 억울함을 표현할 수도. 그건 내가 아닌데. 나는 그 나라에 간적도 없어. 다른 기억을 지적할 수도. 절대로 그런 말을한 적이 없어. 당신과 거기 있었던 건 누구지? 이렇게 되물을 수도 있을 것이다. 난 수영을 못해. 물에 뜨지도 못한다고. 진실을 밝히고 싶을 수도. 초록 호두 열매를 처음 본 순간의 감동에 대해 말할 수도 있을 것이다. 그땐내가 열 살이었고. 그리하여 마침내. 모든 연보를 다시쓰고 싶을 수도. 그렇지만. 이미 모두 지나간 일인걸. 서글퍼 할 수도 있을 것이다. 그는 누구인가. 나는 다른 사람. 그러니까. 그러니까 나는.

나는 그날 아침, 3202호의 문을 열고 나섰다. 새벽부터 눈이 내리고 있었다.

순간은 묘사할 수 있지만. 시간을 묘사할 수는 없다. 묘사는 정지다. 묘사가 시작되는 순간, 시간은 묘사를빠져나간다. 스쳐 지나간다. 묘사할 수 없는 시간. 삶은 기억이라는 이름으로 쉼 없이 변형된다. 카메라가 포착하듯이. 영화는 인간이 기억하는 방식으로 만들어졌다. 기억은 삶의 순간들을 잘라내고, 연결한다. 끌어당기고, 확대한다. 강렬한 이미지를 붙잡는다. 장면과 장면을. 연결하는 풀과 아교. 이어지는 문장과 문장들, 빈칸과 쉼표들. 전혀 다른 사람. 나는 허리를 굽혀 바닥에 떨어진 눈송이들을 하나로 뭉친다.

소설은 시작될 것이다.

그
一

의미는 안절부절이다. 의미를 피하기 위해 했던 모든 의미 바깥의 말과 행동은, 의미를 피하기 위한, 이란 의미를 부여받는다. 무의미는 붙잡을 수 없다. 한 움큼. 의미는 마치 손에 잡히는 것처럼 보인다. 어떻게든 갖고 싶어. 의미를 피하기란 재채기를 참는 것만큼 어렵다. 갑자기. 재채기 소리가 들려온다. 멀리서. 위층이나 옆집. 벽을 마주하고 있는 옆집 사람들은 다른 엘리베이터를 이용한다. 한 번도 마주친 적이 없다. 아파트다. 구조 속에 있다. 생각 같은. 속수무책. 이미지를 떠올린다. 방 한구석으로. 구조의 한 귀퉁이로 갑자기 들려오는 재채기 소리. 재채기 소리는 소음이 되기도 한다. 재채기, h, 재채기, h, 재채기, h. 보통 저 사람의 재채기는 세 번 이상 반복되지 않는다. 반복은 소음의 특징 중 하나다. 끊겼다 다시 시작된다. 생각처럼. 식빵을 굽다가 깨달았다. 삶은 오래, 같은 자리에 머물러 있다. 그러니까 문제는. 툭, 식빵이 튀어 오를 때. 잠깐, 그런 생각을 했나. 물속에서 나는 빛을 잡았다. 문을 열고 다른 세계로 이어지는 길을 걷는 것처럼. 태어나는 순간 자궁에서 벗어난다. 다시는 돌아갈 수 없다. 돌아갈 수 없는 것은 자궁 때문이 아니다. 한동안 그렇다. 한동안은 시간을 나타내는

명사다. 시간의 이름. 재채기, h, 재채기, h. 보통명사. 보통, 같은 사람의 재채기다. 한동안. 다시, 한동안, 생각. 한동안에 대해 생각한다. 한동안. 생각이라는 단어는. 날 생, 깨달을 각이 아니다. 이런 의미는 얼토당토않다. 생각은 한글이다. 생각을 가만히 본다. 생각의 생김새가 이상하게 느껴진다. 6층 여자는 여기까지 생각했다. 3시 30분쯤 잠에서 깼고 30분쯤 눈을 더 감고 있었다. 이제 일어나야지. 생각은 그만하고. 손을 뻗어 휴대전화를 집었다. 오후 네 시. 시간을 확인하고, 포털에 접속해 몇몇 기사들을 읽었다. 검색 차트에 낯선 이름이 있었다. 연예인은 아니고, 그렇다고 정치인도 아니고. 누구지. 6층 여자는 그 이름을 클릭했다. 사진. 이 사람. 6층 여자는 그를 한눈에 알아보았다. 32층 여자. 시도 때도 없이 만나지던 여자. 편의점 봉투를 손에 들고, 재활용 쓰레기를 잔뜩 안고, 자주 마주치던 여자. 한 번도 인사를 나눈 적 없던 여자. 그렇지만 수도 없이 마주친 여자. 코코와 사는. 여자가 코코야, 부르는 것을 본 적이 있었다. 다른 가족을 본 적은 없고. 그렇다면 코코는. 6층 여자는 침대에서 벗어났다. 옷을 대충 갈아입고 현관문을 열고 나갔다. 엘리베이터의 위쪽 버튼을 눌렀다. 이 집에 5년째 살면서 처음 눌러보는 버튼. 6층 여자는 6층 위로 올라갈 일이 없었다. 엘리베이터는 22층에 있었고 아래로 내려오기 시작했지만, 6층을 지나쳐 내려갔다. 1층에 멈춘 엘리베이터가 다시 올라오기 시작했다. 움직이는 화살표. 층마다 섰다. 2층, 뭔가 내려놓는 소리, 문 닫히는 소리, 움직이는 화살표. 4층, 뭔가 내려놓는 소리, 문 닫히는 소리. 움직이는 화살표. 6층에서 문이 열렸을 때 모자를 쓴 남자가 문 앞에 서 있었다. 안녕하세요. 여자에게도 수없이 많은 택배를 배달해준 B 업체의 택배 기사님. 안녕하세요. 여자는 고개를 숙였다. 잠시만요, 601호 물건도 있어요. 문 앞에 둘까요? 아, 저 주세요. 6층 여자는 엘리베이터에 타며 대답했다. 그럼, 잠시만. 602호 물건을 문 앞에 놓고 택배 기사가 다시 엘리베이터에 탔다. 6층 여자에게 세 개의 택배를 건네줬다. 엘리베이터에 다른 사람은 없었고, 6층 여자는 32층을 누를 필요가 없었다. 모든 짝수 층에 빨간불이 들어와 있었다. 짝수 층 전용 엘리베이터. 8층, 잠시만요. 10층, 죄송합니다. 12층, 몇 층 가세요? 14층, 16층, 18층, 20층. 택배는 점점 줄어들었다. 22층, 24층, 택배 기사가 물건을 집 앞에 내려놓고 돌아오면 6층 여자가 닫

힘 버튼을 눌렀다. 마침내 32층. 택배 기사와 6층 여자
는 동시에 내렸다. 3201호 물건 세 개, 3202호 물건 다
섯 개. 사실 6층 여자는 32층 여자가 몇 호에 사는지 몰
랐다. 함께 엘리베이터에 탔을 때 언제나 여자가 32층
을 누르는 것을 보았을 뿐, 여자에 대해 아는 것은 없었
다. 택배 기사가 양쪽 집 문 앞에 물건을 내려놓는 동안
6층 여자는 양쪽 집 현관을 번갈아 보았다. 택배 기사는
다시 엘리베이터에 올라탔고, 아주 잠깐 의아한 눈으로
6층 여자를 바라봤다. 먼저 가보겠습니다. 문이 닫혔다.
움직이는 화살표. 34층. 여자는 3201호 택배에 적힌 이
름을 읽었다. 아니다. 3201호의 세 개의 택배에는 다른
두 사람의 이름이 적혀 있었다. 핑크색 봉투와 익숙한
서점 상자에 같은 이름, 커다란 박스, 착한 화장지에 다
른 이름. 6층 여자는 돌아섰다. 3202호 앞에 놓여 있는
다섯 개의 택배. 모두 같은 이름. 조금 전 포털에서 확인
한 이름이다. 안에서 개 짖는 소리가 들렸다. 코코다. 6
층 여자는 문을 열어보려 했다. 벨을 눌렀다. 안에서 코
코가 짖었다. 문 앞까지 나와서 문을 향해 짖었다. 엘리
베이터는 6층을 지나 1층에 멈춰 섰다. 누군가 오겠지.
가족이 있었겠지. 누구라도 오겠지. 6층 여자는 10분쯤

문 앞에 서 있었다. 3201호의 문이 열리고 낯선 사람이 나왔다. 한 번도 마주친 적 없는 사람. 3201호에서 나온 젊은 남자가 6층 여자를 경계하는 눈으로 쳐다봤다. 6층 여자는 엘리베이터로 가서 아래쪽 버튼을 눌렀다. 움직이는 화살표. 엘리베이터가 1층에서 올라오기 시작했다. 3201호 남자는 세 개의 택배를 한 번에 들고 들어갔다.

*

발전

전의

의의

의지

지복

복수

수심

심성

성정

정념

소개팅에서 끝말잇기를 하자는 사람은 처음이었다.
그의 이름을 보자 잊고 있던 끝말잇기가 떠올랐다.

형체가 없는 것만 말하기로 하죠.

눈치가 없는 편이구나, 생각했다.

먼저 하시죠.

그가 말했다.

발전.

내가 말했다.

발전이 형체가 없다고 말할 수 있나요?

그가 물었다.

눈에 보이지 않나? 발전은?

피곤한 사람이구나, 생각했다.

가만히 웃었다.

전의.

그가 말했다.

전의도 보이지 않나요?

내가 물었다. 물으면서 나는 전의를 상실했다. 망했
다. 차가운 커피를 시켰어야 했는데.

의의.

대답이 없어서, 내가 말했다.

의지.

그가 말했다.

의지야말로 형체가 없다고 하기 좀 애매하지 않나?

내가 물었다.

그 뒤로도 번갈아 몇 개의 단어를 더 말했는데, 정확한 기억은 의지까지다. 그 뒤로는 생각나지 않는다. 그를 그 뒤로 만난 적은 없다. 몇 년 전 퇴근길에 그가 출연한 라디오 방송을 들었을 때도 동명이인이거니 했다. 그리고 오늘 아침, 포털에 뜬 이름을 클릭하고서야 알았다. 그 라디오에 나온 사람도 이 사람이었구나.

끝말잇기. 그 여자, 기억나?

소개팅을 주선해줬던 놈에게 전화를 했다.

누구?

지우 친구. 네가 소개팅해줬던.

아, 그 여자, 기억나. 지우, 야 그 이름 오랜만이다.

너 그 여자 이름 모르지?

나야 이름까진 모르지. 그 여자가 너랑 사귄 것도 아니고. 끝말잇기. 늘 그렇게 말했잖아. 근데 지우 뭐 하고 살까?

그 여자 죽었대.

나는 누군가에게 말해야만 할 것 같았다. 슬픈 건 아니었고. 그렇다고 아무렇지 않진 않았다. 나는 그 여자와 딱 한 번이지만 만났고, 커피를 한 잔 마셨고, 두 시간쯤 마주 앉아 이야기를 했고, 끝말잇기를 했다. 살면서 했던 모든 끝말잇기를 잊었지만 그날의 끝말잇기는 오늘 기억났다. 발전, 전의. 전의 상실. 실망. 망했다. 나 혼자 이어갔던 끝말잇기. 망한 소개팅에 대한 짜증.

그냥 몰랐으면 더 좋았을 걸.

아빠 오늘 나 늦어.

딸에게 문자가 온다.

왜 또?

답을 보낸다.

*

고주성은 쿠스코에 있는 볼리비아 대사관에서 그를 처음 만났다. 대사관은 쿠스코에 흔한 2층짜리 주택이었고, 주택가에 있었다. 쿠스코의 중심가인 아르마스 광장에서 제법 떨어진 조용한 골목에 위치한 대사관을 찾아가느라 고주성은 애를 먹었다. 몇 번이나 골목을 잘못 들어섰다가 되돌아 나오기를 반복했다. 고주성은 길치였고, 고집이 있었다. 여행은 무조건 혼자서 한다. 고주성의 고집은 고주성을 지치게 만들었다. 쿠스코는 고주성이 남미 여행을 시작하고 3주째 되는 날 도착한 곳이었고, 그래서 그날은 이미 수차례 길을 헤맨 뒤였다. 대사관의 색이 바랜 분홍색 벽 앞에 섰을 때, 대사관을 찾았다는 기쁨도 잠시, 고주성은 황열 예방주사를 맞지 않았다는 생각에 긴장했다. 볼리비아 입국 비자를 받을 때, 황열 예방주사 확인서가 필요하다는 것을 알고 있었지만, 고주성은 운에 맡겨보기로 했다. 서울에서 출발하기 전에 미처 챙기지 못했고, 여행 중에는 가고 싶은 병원이 없었다. 만약 여기서 거부당한다면 결국 쿠스코 시내에 있는 병원에서 주사를 맞아야 하겠지만, 때때로 확인서를 요구하지 않고 비자를 발급해주는 경우도 있다고 해서 고주성은 운을 믿기로 한 것이다. 대사관의 문을 열고 들어갔을 때 제일 먼저 눈에 띈 것은 가정집의 거실같이 꾸며놓은 대기실에 둘러앉은 사람들이었다. 소파에는 빈자리가 없었다. 스페인계로 보이는 여자 둘, 백인 남자, 일본인 커플, 동양 여자가 있었다. 저 여자는 중국인인가. 우리나라 사람인가. 고주성은 동양 여자의 국적이 궁금했다. 그들이 나란히 앉아 있는 소파 맞은편에 식탁 같은 테이블이 놓여 있고, 거기에서 꼬마 아이가 그림을 그리고 있었다. 지금 영사님이 외출 중이시니, 여기서 잠시만 기다리세요. 직원은 고주성을 사람들이 앉아 있는 소파가 있는 쪽으로 안내했다. 빈자리는 없었다. 그때, 그가 말없이 일어섰다. 식탁에 앉아 있는 꼬마에게로 다가가서 아이 앞자리에 앉았다. 고주성은 고맙습니다,라고 했다가, 그가 아무 대답이 없자, 땡큐, 라고 덧붙여 말했다. 이번에도 그는 아무 대답이 없었다. 그는 아이에게 다가가더니 영어로 같이 그려도 좋겠냐고 물었다. 일본인인가. 우리나라 사람은 아닌 거 같은데. 고주성은 괜히 무시당한 기분이 들었다. 일본인 커플은 일어로 대화를 나누고 있었고, 백인 남자는 다리를 떨고 있었다. 스페인계 여자 중 한 명이 카메라를 들어 천장을 찍었다. 그가 아이 앞으로 가고 얼마 되지 않아 아이의 웃음소리가 들렸다. 그가 그림을 그려주면 아이가 그 그림에 색칠을 했다. 고주성이 앉은 자리의 정면에서 그들이 그림을 그리고 있었기 때문에 고주성은 그 모습을 보고 있을 수밖에 없었다. 저 여자는 황열 주사를 맞았을까. 고주성은 궁금했다. 소파에 앉은 모든 사람이 그가 아이와 그림 그리는 것을 보았다. 그가 말을 많이 하지는 않았지만, 아이는 자주 웃었다. 20대 후반? 30대 초반? 고주성은 그의 나이를 가늠해보았다. 스페인계 여자 둘이 그림을 그리며 놀고 있는 그들에게 다가갔다. 대기하고 있던 그들 모두 무료했다. 그들은 이제 넷이서 그림을 그렸고, 이따금 웃었다. 백인 남자는 시계를 보다 일어섰다. 문밖으로 나갔다. 멀리 간 것 같지는 않았다. 낮은 창문으로 그의 머리가 시계추처럼 왔다, 갔다 하는 것이 보였다. 시계추가 멈추고, 영사가 들어왔다. 영사의 뒤로 백인 남자가 따라 들어왔고, 영사는 대기실의 사람들에게 자리를 비워서 미안하다는 말도 없이, 아이에게로 갔다. 아빠. 아이가 앉은 자리에서 영사에게 안겼다. 이 언니가 그림 그려줬어. 아이는 아빠에게 그가 그려준 그림을 자랑했다. 언니가 그려주면 내가 색칠했어. 잘했지? 영사는 그에게 고맙다고 몇 번이나 인사했다. 여권 주시겠어요? 영사는 대기하고 있는 사람들의 도착 순서는 묻지도 않고 그의 여권을 받아 확인하고는 바로 비자를 발급해줬다. 아무도 항의하는 사람이 없었다. 사실 그중 누구도 그보다 일찍 도착하지 않았기 때문에. 영사는 그에게 아무것도 묻지 않았다. 즐거운 여행 되기 바랍니다. 볼리비아는 아름다운 곳이죠. 영사가 활짝 웃으며 그에게 손을 내밀었다. 둘은 악수를 했다. 영사의 딸이었다니. 영악한 인간. 생각보다 더 영악한 인간이었어. 고주성은 그에게 진 기분이 들었다. 특히 그의 여권의 색깔을 확인했을 때. 그가 유유히 떠나고, 영사가 모두의 비자를 대사관에 도착한 순서대로 공정하게 발급해준 뒤, 마지막으로 고주성에게 황열 예방주사를 맞았는지 확인했을 때, 고주성은 분노했다. 모든 순서를 무시하고, 절차도 없이 사적인 감정으로 일을 처리한 영사에게가 아니라, 그에게 화가 났다.

　다음 날 볼리비아 라파즈 공항에서 그를 우연히 다시 마주쳤을 때, 고주성은 정말로 묻고 싶었다.

　알고 있었죠?

　대신.

　반갑습니다, 우리 어제 대사관에서 만났었죠.

　고주성은 그에게 반갑게 인사했다.

　아, 네.

　우유니로 가시나요?

　고주성이 물었다.

아뇨, 저는. 그럼 이만.

그는 이렇게 말하고 또 유유히 사라졌다.

그러므로 고주성은 그 얼굴을 오래 기억했다. 그리고 남미 여행에서 돌아온 지 1년쯤 지났을 때 TV에 나온 그를 보았다.

알고 있었죠?

고주성은 그를 보자마자 묻지 못한 말이 떠올랐다. 역시. 이유 없이 무시당한 기분이 들었다.

그리고 20여 년이 지난 오늘, 고주성은 그의 첫 호의를 기억해냈다.

그는 앉을 자리가 없는 고주성을 위해 소파에서 일어나 아이에게로 가지 않았던가. 그는 아이에게도, 자신에게도 그저 친절한 사람이었다. 오래, 그를 잊고 있었는데,

*

그랬구나.

당신이 그랬지.

그랬구나.

두 마디도 안 했어.

봄이, 내가 말 꺼내려고 할 때 당신이 그랬어.

봄이, 당신이 키워. 지금까지도 당신이 키웠지. 난 한 거 없잖아.

나는 할 말이 없었어. 지금도 그래.

난 당신이 그냥 좋았어. 당신이 뭘 해도, 뭘 하지 않아도. 다. 그렇게 특별해 보이더라. 이 사람은 좀 다르다. 그랬는데. 달라서 싫어지더라.

끝까지 아무것도 묻지 않아서 말을 못했는데. 당신이 쓸쓸해 보이는 게 싫었어. 당신 눈빛. 혼자 멍하니 앉아 있는 뒷모습. 그걸 못 견디겠더라고. 내가 당신을, 저기 허공에 떠 있는 당신을 끝내 땅에 발붙이게 하지 못했다는 게 너무 싫었어. 봄이가 태어나고, 울고, 웃고, 걷고, 말하고, 우리에게 와서 안기는 그 모든 순간도 당신을 발붙이게 하지 못했다는 게 너무 미워서. 당신한테 질려서. 참을 수가 없었어. 너 같은 엄마가 세상에 어딨냐. 넌 엄마도 아니야? 당신한테 수도 없이 말했지. 지독하게 이기적인 인간. 그래. 결혼 전에 당신이 그랬지. 당신은 한 번도 헤어지자고 말해본 적 없다고. 남자들에게 매번 차였다고 말이야. 당신을 버린 남자가 한둘이 아니라고. 그러니 너도 분명 날 버리게 될 거라고. 잘 생각하라고. 당신이 그렇게 만들었다는 거 알고 있었지? 상처 주는 역할 하기 싫어서. 버릴 수밖에 없게 만든 건 당신이라는 거. 원망할 수도 없게. 다 변명이야. 나 살자고 하는 변명. 그렇지만. 그랬구나. 그게 전부였던 거. 그거. 나쁜 년.

*

자장면 1, 짬뽕밥 1, 찹쌀탕수육 1

기훈은 배달 통에 자장면, 짬뽕밥, 탕수육, 소스를 차례로 넣었다. 101동 1801호. 이 집에는 젊은 부부가 산다. 아직 아이는 없고, 사이는 나쁘지 않은 부부. 벨을 누르면, 부부가 꼭 같이 나왔다. 여자가 카드를 주고, 계산을 기다리는 사이, 남자가 음식을 받아 날랐다. 둘 중 한 사람만 나온 적은 한 번도 없었고, 메뉴도 항상 똑같았다. 짬뽕밥을 시키는 집은 이 동에 단 두 집. 3202호 여자의 메뉴는 1801호와 정확히 일치했다. 자장면 1, 짬뽕밥 1, 찹쌀탕수육 1. 차이가 있다면 3202호 여자는 혼자 산다. 한 번도 누구와 같이 나온 적이 없을뿐더러, 짬뽕밥은 혼자 사는 사람한테 좋은 메뉴예요. 두고 먹기 좋거든요. 처음 배달을 갔을 때 그가 말했었다. 한 그릇 배달 미안했는데, 좋은 방법을 찾았다고. 배달을 하고 몇 시간 뒤 그릇을 수거하러 가면, 언제나 깨끗하게 설거지 된 그릇이 문 앞에 놓여 있었다. 3202호는 탕수육 접시 위에 자장면과 짬뽕밥, 탕수육 소스 중 무엇이 담겨 있었는지 구분되지 않는 깨끗한 그릇 세 개를 포개어 내놓았다. 기훈은 함께 수거해 간 다른 그릇들과 섞여서 도로 더러워진 그릇을 꺼낼 때마다, 그 사람에게 말해주고 싶었다. 괜한 수고는 하지 않으셔도 됩니다. 3202호는 그릇을 항상 닦아서 내봐. 안 그래도 된다고 말해줄까. 내버려둬. 자기만족이지. 더럽게 내놓으셔도 된다고 하면 그 사람이 그냥 내놓을 거 같아? 그것도 성격이야. 더러운 거 집 앞에 내놓기 싫다. 그런 거지. 아내가 기훈을 말렸다. 그러게. 이상하지. 다른 집도 설거지해서 내놓는 집 많은데, 이상하게 3202호가 설거지해서 내놓는 건 청승 같다. 왜 그럴까. 그 아줌마가 말이 많아. 배달 받으면서 쓸데없는 말을 많이 해. 그게 왠지 불안해. 배달 받으면서 말 많은 사람 난 불안하더라. 원래 말이 많은 사람인가.

몇 번째였는지. 기훈은 어김없이 자장면 1, 짬뽕밥 1, 찹쌀탕수육 1을 들고 3202호 앞에서 벨을 눌렀다. 보통 3202호는 공동 현관에서 호출하고 올라가면 문을 열고 기다렸다. 그날은 공동 현관이 마침 열려 있었다. 기훈은 302호에 사는 꼬마의 뒤를 따라 들어갔다. 꼬마는 킥보드를 타고 엘리베이터까지 갔고, 홀수 층 엘리베이터를 기다렸다. 기훈은 마침 1층에 있는 짝수 층 엘리베이터를 탔고, 운이 좋다고 생각했다. 3202호의 벨을 눌렀다. 3202호는 조용했다. 한 번 더 벨을 눌렀다. 한참 만에, 잠시만요, 하는 대답이 들리고 3202호가 나왔다. 회색 잠옷 바지에 목이 늘어진 반팔 흰색 면티를 입고, 머리를 대충 말아 올린 여자가 문을 열고 나왔다. 그런 3202호는 처음이었다. 3202호는 언제나 말끔한 차림으로 배달을 받았다. 막 외출에서 돌아온 사람처럼. 아니면 곧 외출할 사람처럼. 차려입고. 머리는 항상 단정했다. 일요일 낮 2시. 잠옷 차림의 3202호를 만날 거라고는 상상도 하지 못했다. 얼굴이 까칠해 보였다. 배달 왔는데요. 3202호가 멍하니 바라보기에, 배달 통을 들어 보였다. 잘못 오신 거 같아요. 저 아닌데요. 그가 한 손으로 문을 잡고, 한 손으로 얼굴을 문질렀다. 그럴 리가. 기훈은 순간 깨달았다. 아, 1801호. 죄송합니다. 제가 다른 집 배달이랑 헷갈렸나 봐요. 괜찮습니다. 안녕히 가세요. 그가 인사를 하고 문을 닫았다. 엘리베이터를 기다리는 사이, 그가 다시 나왔다. 맨발에 슬리퍼를 끌고 나온 그의 손에 종이봉투가 하나 들려 있었다. 왠지 드리고 싶어서. 아, 네, 이게 뭔지. 기훈이 황당해 하고 있는 사이, 3202호는 기훈의 손에 봉투를 쥐여주고 들어갔다. 문이 닫히고, 잠기는 소리가 났다. 기훈은 1801호에 음식을 전해주고, 엘리베이터 앞에서 봉투에 손을 넣었다. 책. 뭐 그럴 수도. 첫 장을 넘기자, 책갈피에 빨간 봉투가 들어 있었다. 안에 뮤지컬 티켓 두 장. 기훈은 가게에 도착하자마자 아내에게 책을 보여줬다. 그거 모르고 준 거 같지? 기훈이 아내에게 물었다. 그러게. 이따 1801호 그릇 가지러 갈 때 주고 와야겠다. 뭘 그렇게까지 해. 다음에 배달시키면 가져다줘. 이 공연 날짜가 열흘 뒤야. 그 전에 시키겠지. 아니면 말고. 뭐 그럴 수도. 뭐 그럴 수도는 그렇게 중국집 카운터 위에 놓이게 됐다. 빨간 봉투는 제자리에, 책 첫 장에 그대로 꽂혀 있었다. 부부는 3202호의 이름은 몰랐고, 책에는 작가 사진이 없었다. 뮤지컬 날짜가 지난 뒤에도 3202호는 배달을 시키지 않았다. 뮤지컬 공연이 있던 다음 날, 부부는 누군가 세상을 떠났다는 기사를 인터넷 뉴스에서 보았지만, 그 이름이 카운터에 놓여 있는 책 등에도 적혀 있는 것은 알지 못했다.

짜장면 1, 짬뽕밥 1, 찹쌀탕수육 1.

기훈은 1801호에 배달을 갈 때마다 3202호를 떠올렸다.

꽤 오래 궁금했지만 끝까지 올라가 보지 않았다.

얼마 뒤, 1801호는 이사를 간 거 같았다. 처음으로 1801호에서 다른 메뉴의 주문이 들어왔고, 그가 1801호의 벨을 눌렀을 때, 고등학생쯤 되어 보이는 남자가 문을 열고 나왔다.

이제 짜장면 1, 짬뽕밥 1, 찹쌀탕수육 1을 시키는 집은 없었다. 짜장면 1, 짬뽕 1. 짜장면 2. 짬뽕 2. 짜장 곱빼기 1, 짬뽕 2. 가끔 깐풍기. 더러 양장피. 어쩌다 깐쇼새우. 주로 탕수육. 배달은 끝없이 이어졌다.

연화루입니다.

여기 101동 3202호인데요.

젊은 여자의 목소리가 들렸다.

짬뽕 하나, 찹쌀탕수육 하나 부탁드립니다.

부탁드립니다. 이건 3202호가 늘 하던 말인데.

기훈은 배달통에 짬뽕, 탕수육, 소스를 차례로 담았다.

*

기억은 커다란 젤리 통 같다.

맛이 모두 다른 젤리가 가득 들어 있는 젤리 통.

끔찍한 단맛, 머뭇거리는 두 발, 고요한 호수, 빙빙 도는 파리, 상한 막걸리, 퍼석퍼석한.

젤리는 무작위로 튀어 오른다.

오늘 여러분은 어떤 젤리를 고르셨나요?

방송국 복도에서 :

오늘 오프닝 어땠어요?

늘 좋죠.

늘 그렇게 피해 가시지 말고.

왜 내 생각이 궁금합니까?

곧 1년이에요. 한 번도 말씀 없으셨잖아요.

원고야 늘 좋죠. 차 가지고 오셨어요?

그건 왜?

같은 방향이에요.

그런데요?

가면서 얘기하죠.

차 안에서 :

라디오 일한 지 얼마나 됐어요?

13년.

13년? 근데 아직도 원고가 좋은지 물어봐야 알아요?

안다고 착각하기 좋은 때죠. 듣는 게 중요한 때기도 하고요. 사람마다 생각이 다르니까.

그렇게 말하니까 내가 되게 꼰대 같네. 젤리 같아요. 저한테는. 좀 달고, 가끔은 이에 붙고.

계속 차 안 :

회식도 몇 번 했는데, 왜 한 번도 말 안 했어요?

뭘요?

원고에 대한 얘기.

방금 그러셨잖아요. 사람마다 다르다고. 사실 별로 할 말도 없었고. 근데 그게 뭐가 됐든. 문제를 안다고 다 해결할 수 있나. 그것도 아니잖아요. 미적분을 알아도 풀 수 없는 미적분 문제가 얼마나 많아.

여기서 미적분이 왜 나와요?

재밌잖아요.

재밌어요?

이게 제 문제예요. 고질병. 잘 알고 있지만 고치질 못해요.

그거야말로 미지수네.

그냥 술이나 한잔하죠.

술집 앞에서:

한잔 더 할래요?

그의 집에서:

헛웃음만.

고작 몇 년 전인데.

아주 오래전 일 같다.

성수는 방송국 복도를 걸으며 생각했다.

장례식장에 가면 아는 얼굴들을 몇 만날 것이다.

*

하하하, 이게 뭡니까?

인기척입니다.

염준홍은 메시지 창을 한참 들여다보았다. 일주일 전. 귀여운 아줌마네.

강원도청의 지원으로 도내 여행지를 소개하는 책자를 만들기로 했었다. 인제는 그와 함께 간 두 번째 장소였다.

카메라 들고 산 타는 거 너무 힘들죠?

자작나무 숲을 향해 길고 지루한 오르막길을 오를 때 그가 말했다.

중노동이죠.

준홍이 숨을 몰아쉬며 대답했다.

그 뒤로 둘은 한참 숨만 몰아쉬었다.

어색한 침묵을 깨고,

누가 본인 찍어준 사진 중에 마음에 드는 사진 있어요?

그가 물었다.

글쎄요, 정작 제 사진은 별로 없죠. 뭐 누구를 찍어주기나 했지.

다시 한참.

둘은 서로의 숨소리를 들으며 비탈을 올랐다.

자작나무 숲에 도착하기 전이었는데 자작나무가 바

람에 흔들리는 소리가 들려왔다.

자작나무 소리는 유독 인기척 같죠.

지나가면서 했던 말이었는데.

준홍은 메시지 창이 꺼질 때까지 휴대폰을 들고 있었다. 창이 까맣게 변했다.

*

나무아미타불 관세음보살.

수월은 합장을 했다.

30년이 넘었다.

이름을 잘못 주셨어요.

일 년에 한두 번 무념이 찾아왔다.

나무아미타불 관세음보살.

*

너는 하여간 재수가 없어. 항상 한발 빠르지. 입학식

때부터 마음에 안 들었어. 너 분위기 잡고 다니는 꼴 보기 싫어서 나 1학기 마치고 휴학했다. 근데 복학해서 재수 없게 또 만나지더라. 항상 남들이랑 다른 척. 잘 웃지도 않고. 멍하니 있는 거. 난 그게 그렇게 싫더라고. 다 괜찮은 척. 세상 아무 관심 없는 척. 우수에 젖은 척. 여유 있는 척. 욕심 없는 척. 근데 재수 없게 꼭 한발 빨랐어. 입사도 네가 먼저 했지. 퇴사도 네가 먼저. 너만 아니었으면. 네가 아니었으면. 훨씬 잘난 나 두고 너만 보니까. 돈도 내가 더 많았고, 집안도 내가 더 좋았는데. 내가 너보다 키도 크고 예쁘잖아. 자존심이 허락하질 않더라고. 너한테 졌다는 거. 자존감은 좀 낯가리고 싶은 단어라고 해야 되나. 자존심은 갯벌에서 솟아오르는 맛 같아요. 불쑥, 어쩌다 세우고 싶은 상대를 만나면 재미있어지죠. 그 재수 없는 대답이란. 정말 참을 수가 없었어. 근데 또 이렇게. 뭐가 그렇게 바빠서. 뭐가 그렇게 급해서.

마희영은 영정 앞에 꽃을 놓는다.

고개를 숙인다.

눈을 감는다.

눈을 뜬다.

빠르게 뺨에 흐른 눈물을 닦는다.

봄아, 밥은 먹었어? 아빠는?

*

엄마, 그 아줌마, 요즘 안 오지?

누구?

그 아줌마 있잖아. 꼭 혼자 와서 순두부찌개 먹던 아
줌마.

아, 무 씨.

어, 그래, 그 아줌마.

그러게, 요새 통 안 보이네. 다른 순두부집 찾았나?

아무래도 이 사람 그 아줌마 같아.

옥형은 딸이 보여주는 사진을 보았다.

이게 뭐야?

신문 기사.

아니, 이 사람이 왜?

유명한 사람이었나 봐. 난 몰랐지.

아니, 젊은 사람이.

옥형은 일주일에 한 번쯤 저녁 시간에 와서 꼭 순두부찌개만 찾던 무 씨를 떠올렸다.

얌전했는데.

사람이 참 깔끔했다.

밥도 소리 없이 깨끗하게 먹었지. 한 번도 소리 내는 걸 못 봤어. 반주도 꼭 소주 반 병. 참이슬 빨간 거. 의자도 꼭 넣어놓고 갔다. 일부러 그랬는지. 꼭 현금 주고. 어떨 때는 하도 조용히 먹고 가서 귀신이 왔다 갔나 싶었다. 밥도 반찬도 국도 남기는 걸 못 봤어.

엄마 근데 그 아줌마 왜 무 씨라고 불렀어? 그 아줌마가 엄마한테 거짓말한 거야? 이상하긴 했어. 우리나라에 무씨가 있긴 있어?

딸이 옥형의 생각을 끊고 물었다.

그냥. 무 씨가 좋아서 내가 무 씨, 무 씨 했지.

엄마가 그 아줌마 성을 지었다고?

저번에. 내가 김 씨랑 주 씨랑 심 씨가 밥 먹으러 왔길래 김 씨 딸은 이번에 대학 갔냐, 주 씨는 허리 아픈 거 좀 어떠냐, 심 씨는 손주 봤다더니 좋냐 물어봤지. 그랬는데 조용히 밥 먹고 있다가 나가면서 그 사람이 그러더라.

저는 무념입니다.

그래서. 무념 씨는 길잖아. 한 번 무 씨. 불렀는데. 무 씨가 좋더라고. 무 씨. 무 씨. 좋아서 내가 많이 불렀지.

저녁 시간이 한참 지난 시간, 홀에 손님은 없었다. 옥형은 주방으로 들어갔다. 냉장고에서 바지락을 꺼냈다.

작은 뚝배기에 육수를 붓고 고추장을 풀었다.

가스레인지에 불을 켰다.

*

무념 무념 무념

無念

무념. 무. 념.

無. 念.

불가능. 불능. 불.

不. 火.

불

안녕하세요.

안녕하세요, 처음 뵙겠습니다.

먼저 도착해 있던 그가 자리에서 일어나 손을 내밀었다. 그의 오른손 중지에 잉크가 묻어 있었다.

우편으로 보내드려도 되는데.

제가 몇 가지 직접 말씀드리고 싶은 내용이 있어서요.

그때 나는 입사 3년차인 편집자였고 그는 이미 책을 열 권 가까이 낸 작가였다. 회사는 어렵고, 그는 팬층이 두꺼운 1세대 여행 작가다. 사장은 아침 회의에서 이 책에 거는 기대가 크다고 했다. 원고를 읽으면서 나는 그가 궁금해졌다. *가장 강력한 종교. 누구나 일차적으로 '나'라는 종교를 갖는다. 성격과 가치관은 교리이자 금기.* 여행 작가가 쓴 책을 만드는 건 이번이 처음이었는데 사실 수많은 블로그에 있는 글들과 크게 다르지 않을 거라고 생각했다. *어디서나 새 우는 소리가 들리면, 비가 그쳤다는 것을 알 수 있다.* 어떤 도시 이름을 검색

하든 수십 개 많게는 수천 개의 블로그 글이 검색됐다.
정보만 나열하는 글들도 많았지만, 읽을 만한 글들도 많
았다. 사진은 이제 만인의 장르가 된 것 같았고. 그의 이
름을 검색하면 그의 블로그가 제일 먼저 떴다. 인플루언
서라는 타이틀이 붙어 있었다. 몇 만 명의 구독자를 가
지고 있는 블로거. 생각보다 평범하네. 그와 손을 잡으
며 생각했다.

첫 만남 이후 그를 몇 번 더 만났다.

입구와 출구를 알 수 없는. 골목의 끝과 끝. 욕망하지
않겠다와 욕망 없음. 내일과 어제. 잡히지 않은 것과 익
힌 것. 태어나지 않은 것과 죽은 것. 어느 쪽도 아니거나,
어느 쪽이든 상관없는. 오늘의 피로.

이즈미르에도 골목이 있다.

그의 책을 세 권 만들었다.

無念
무. 무념.

무념.

무념.

념.

만날 때마다 그는 약속 장소에 먼저 와 있었고, 늘 뭔가 끄적거리고 있었다.

무념, 무념
정념
무념
정념
無

뭘 그렇게 쓰세요?
서로 좀 익숙해졌을 때 내가 물었다.
습관이에요, 그냥.
무념?
그냥.
그 단어를 좋아하세요?
아뇨. 그냥.
작가님, 그냥도 습관인 거 아세요? 책에도 제일 많이 나오는 단어가 그냥이에요.
그런가요?
나는 그가 수첩 위에 써놓은 글자들을 내려다보았다.

몇 개의 無가 저기 있을까.

무를 셀 수 있다면.

쓴 무는 이미 무가 아닌데.

선생님 덕분에 군더더기가 많이 줄었어요. 감사합니다.

그가 고개 숙여 인사했다.

그는 한참 어린 나에게 여전히 존대했다.

무념. 그와 어울리는 단어인가. 그와 가장 먼 단어인가.

나는 다시 그가 수첩 위에 써놓은 글자들을 보았다.

그런데 넘이요, 넘도 결국 무 아닌가요?

나는 그에게 묻고 싶었다.

무념. 무. 무.

표지 샘플 몇 개 보여드릴게요. 예쁘게 잘 나왔어요.

1/2 크기로 만든 표지 시안 세 개를 가방에서 꺼냈다.

뭐 그럴 수도.

그의 마지막 책은 석 달 전에 나왔다.

삶의 모든 처음들이 모여서 단 하나의 마지막, 첫 죽음이 된다.

뭐 그럴 수도.

마지막 책 제목으로 적당한 제목이었는지 모르겠다.

마지막 책이 될 줄 알았다면 그는 다른 제목을 선택
했을까.

무념.

無念

불가능. 불능. 불

不

써본다.

그와 늘 만나던 카페. 봄이다.

이번 책에 거는 기대가 큽니다.

아침에 사장이 말했다.

나는, 다른 여행 작가를 기다리고 있다.

*

커다란 캔버스가 바닥에 놓여 있다.

아주 오래전부터.

주원은 물감을 놓쳤다.

아,

발등을 잡고 주저앉았다.

인간은 왜 크기에 집착하는 걸까?

쪼그라든 성기를 늘어뜨리고 주원이 말했었다.

주원은 바닥에 놓여 있는 커다란 캔버스를 내려다보고 있었다.

한 달 넘게 이어진 작업은 절반가량 진행된 것 같았지만. 1시간 전, 티어가르텐에서 돌아왔을 때, 작업실에 그와 함께 들어섰을 때, 주원은 깨달았다. 실패.

왜지?

주원이 고개를 들고 여전히 침대에 누워 있는 그를 빤히 봤다.

왠지는 모르겠고. 지금 그런 문제를 제기한다는 거 말이야. 바로 이 타이밍에. 네가 거기 서서. 바로 그런 자세로. 그건 자기가 크기에 은근히 자부심을 가지고 있다고 봐도 좋을까?

재미있는 논리네.

그는 이불 속에서 빠져나왔다.

큰 걸 좋아하는 게 아니라 만족을 좋아하는 거지. 욕

심에는 끝이 없거든.

아침에 덧바른 캔버스에 물감은 아직 마르는 중이었다.

알몸에 노란 양말만 신고 있는 그가 주원의 등 뒤로 가서 허리를 감아 안았다.

근데 자기는 왜 이렇게 질문이 많아?

주원의 배꼽을 만지며 물었다.

창문 여는 거지.

창문?

물감 냄새 때문에 머리 아프잖아.

주원은 계속 캔버스를 내려다보고 있었다.

누워. 저기.

그가 캔버스를 가리켰다.

미쳤어?

누워봐.

목소리가 단호했다.

주원이 누웠고, 그가 그 위에 걸터앉았다.

물감은 그가 움직일 때마다 주원의 머리카락에, 목덜미에, 등에 엉망으로 들러붙었고 나무 받침이 지나지 않는 부분의 종이는 두 사람의 무게와 압력을 이기지 못해 군데, 군데 찢어졌다.

내가 너하고 한 달 동안 엉겨 붙어서 쏟아낸 것과 여기에 쏟아진 게 뭐가 다른지 모르겠어.

주원은 사정에 실패했다.

양 무릎이 파랗게 물든 그가 주원에게서 떨어져 나왔다. 캔버스에 엎드려 말했다.

끝이 없네.

주원이 소리 내 웃었다. 웃음소리가 너무 커서 가구가 몇 없는 작업실이 웅웅 울렸다.

그는 눈을 감고 있었나. 뜨고 있었나.

주원은 바닥에 떨어진 물감 통을 집어 들고 일어섰다.

상처를 입히는 방식으로 사람을 사로잡는 사람. 움켜쥐는 사람. 너는 너를 그만 놓아줘야 해. 그만 너를 괴롭혀.

그의 목소리가 들리는 것 같았다.

물감 뚜껑을 닫았다.

창문을 열었다.

*

개울물, 돌다리, 호두나무.

마을 어귀에 호두나무가 서 있다.

그가 생애 단 한 번 스쳐 지나갔던 호두나무.

어느 마을 어귀에 호두나무가 서 있다.

*

왜 전화를 안 받지. 또 어디 갔나.

진장우는 컴퓨터 화면을 보며 혼잣말을 한다.

회사를 다니는 거 같진 않던데.

운동화 1, 재킷 1, 코트 1, 바지 1, 니트 3.

진장우에게 그는 좀 귀찮은 손님이었다.

전화를 주시죠. 배달 서비스가 있는데, 저희가 수거해 오고 가져다 드려요. 댁에 보통 몇 시쯤 계시는지. 세탁물 나오면 문자하고 방문 드리겠습니다.

그가 처음 세탁물을 들고 왔을 때, 진장우가 말했다.

그때도 재킷, 니트, 코트였을 것이다.

괜찮습니다. 제가 찾아가죠.

그는 그 뒤로 줄곧 직접 세탁물을 가지고 와서 맡겼고, 어느 날 생각난 듯이 와서 찾아갔다. 한 번도 세탁물이 도착한 제날짜에 찾아간 적이 없었다.

딴에는 도와주려고 그러는 거 같은데. 제날짜에나 찾아가지. 이거야 원. 세탁소가 옷 맡아주는 데도 아니고. 벌써 보름도 지났는데.

진장우는 컴퓨터 옆에 놓인 휴대전화를 들어 그의 번호를 누른다.

이 번호는 없는 번호입니다. 확인 후 다시 걸어주시기 바랍니다.

어,

진장우는 번호를 확인한다. 전화를 하도 많이 걸어서 유일하게 외우고 있는 번호.

맞는데.

다시 한번 통화 버튼을 누른다.

이 번호는 없는 번호입니다.

똑같은 목소리를 들으며 비닐에 싸여 있는 그의 운동화를 본다.

*

선배 사표 냈을 때 진짜 멋있었습니다. 선배 동기들
이 욕 많이 했죠. 다들 대놓고 그랬습니다. 기껏 나가서
한다는 게 되도 않는 글 쓰는 거라고. 잘난 척은 혼자 다
하더니 고작 감성팔이라고. 현실에 실패한 애들이 여행
이네 뭐네 하면서 떠돌아다니는데 그게 무슨 똥폼이냐
고. 선배 책 나올 때마다 선배는 단골 안주였습니다. 지
금처럼요. 개새끼들. 나도 똑같은 인간입니다. 나는 선
배 같은 용기는 없었어요. 지금도 없고. 까라면 까는 거
지. 자리가 달라져도 다른 건 없습디다. 까라면 까는 건
똑같아요. 좆 까라 그래. 저 막 입사했을 때였습니다. 선
배도 몇 년 안 됐을 때죠. 좆 까라 그래. 속으로는 저도
셀 수 없이 많이 외쳤어요.

좆 까라 그래.

세진은 혼잣말을 하며 술잔에 술을 따랐다.

앞자리에 앉아 있던 이 팀장은 들었지만, 못 들은 척
했다.

누구한테 하는 말이야. 아, 이 개진상. 오늘은 또 왜 심
기가 불편해. 지가 까라는 대로 다 까는데 뭐가 문제야.

말을 하는 대신 회를 한 점 입에 넣었다.

회사 앞 횟집. 여기로 불려 나오는 게 이 팀장은 제일 싫었다.

내가 내일은 꼭 사표 쓰고 만다.

횟집에 올 때마다 다짐했다.

이 팀장 한 잔 받아.

세진이 이 팀장의 술잔에 술을 채운다.

*

ECM 침묵 다음으로 가장 아름다운 소리.
Exhibition in Seoul 2013. 8. 31 – 11. 3
Ara Art Center, Insa-dong

팸플릿은 마크 로스코 그림 같았다.

하늘, 숲, 어둠. 조금 큰 엽서 크기의 종이가 위에서부터 3 : 1 : 4 로 분할되어 있다. 하늘은 바다 같기도. 비 오는 날 바다. 빛이 필요한 파랑. 숲은 4월. 아직 짙어지기 전. 여린 잎들이 흔들리는. 바람이 부는 저녁. 어둠은 흙냄새가 나는. 이끼와 나무와 살이 썩는. 들숨과 날숨이 쉴 새 없이 드나드는. 팸플릿. 당신이 이 팸플릿을 건네줄 때, 나에게 어떤 바람의 냄새가 넘어왔다. 처음 맡는 냄새.

이건 무슨 뜻이에요?

침묵 다음으로 가장 아름다운 소리.

내가 태어나서 처음 본 한글.

침묵 다음으로 가장 아름다운 소리.

제목부터 아름답지 않니?

당신이 물었다.

지나친 제목 같았지만.

네, 재미있네요.

나는 대답했다.

크루아상과 에그타르트가 앞에 있었는데, 타르트 쿠키 부분에 파리가 자꾸 앉았다.

침묵이 이어졌다.

당신은 무슨 말을 할지 고르는 눈치였고 나는 할 말이 없었다.

음악 좋아하니?

자전거를 좋아해요.

나는 당신이 잊을 만하면 나를 찾아오는 이유를 알

수 없었다.

　자전거를 타고 다리를 건너 구름이 가까운 동네로 달려가고 싶었다. 바람이 불어서 구름이 빠르게 움직이는 게 카페 안에서도 보였다. 나뭇잎들이 바람에 흔들렸다.

　반짝, 반짝, 엘렌.

　엘렌, 저기 봐. 반짝반짝 빛나는 빛 보이지? 저기 나뭇잎들을 봐.

　아빠는 내가 말을 하기도 전부터 늘 그렇게 말했다.

　반짝, 반짝, 엘렌. 저기 나뭇잎 보이지.

　언제부터였는지 모른다. 그러니까 처음부터.

　나뭇잎들이 바람에 흔들리면, 나는 아빠의 소리를 들었다. 나무에게서, 빛에게서. 반짝, 반짝, 엘렌.

　침묵 다음으로 가장 아름다운 소리.

　침묵 다음으로 가장 무서운 소리.

　침묵 다음으로 가장 슬픈 소리.

　이런 생각을 했다.

　침묵은 아름다운가. 침묵은 무서운가. 침묵은 슬픈가. 침묵은 무책임한가.

　이런 생각도 했다.

　카운터에 서 있던 아빠가 침묵을 깨고 말했다.

좀 잘해봐. 친해지고 싶다며.

당신은 아빠를 보고 웃었다.

파랗게 보이는 텅 빈.

나는 자꾸 카페 밖을 보고 있었다.

부담스러우면 안 가도 좋아.

그럼 이제 자전거 타러 가도 돼요?

나는 물었다.

물론이지.

당신은 웃었다. 이번에는 나를 보고.

나는 웃지 않았다.

아빠, 나 가.

카페 밖으로 나왔다. 바람이 좋았다.

페달을 밟으면서 간다, 안 간다, 간다, 안 간다,

결정하지 못했다.

아빠는 늙었다.

당신은 아빠와 나 사이.

아빠는 프랑스 사람.

나는 라오스 사람.

당신은 한국 사람.

페달을 밟으면서 좋다, 싫다, 좋다, 싫다,

마음이 이랬다, 저랬다 했다.

다리를 건너 건물이 없는 옆 마을로 갔다.

공터를 한 바퀴 빙 돌았다.

익숙한 루앙프라방의 7월. 바람. 냄새.

집으로 돌아가서 ECM을 검색했다.

그다음으로 서울, 인사동, 아라아트센터.

당신은 호텔에 있다고 했다.

기다려보겠대.

아빠 생각은 어때?

네 마음대로.

내 마음대로?

나는 당신을 따라가지 않았다.

궁금해지면 혼자 가볼게요. 나중에.

당신은 그 뒤로도 일 년에 한 번쯤 왔다.

내가 떠난 후에도 몇 번 왔다고 들었다.

나는 파리에서 대학을 다녔다.

아빠는 루앙프라방을 떠나고 싶어 하지 않고. 나는 일 년에 두 번쯤 아빠에게 갔다. 아빠에게는 아내가 있었다.

방학에 한국에 가볼까 해.

엄마는 좋은 사람이었어. 마음이 물 같은 사람.

서울에 간다니까 알고 가면 좋을 거 같아서.

아빠가 처음 라오스에 온 건 새벽 탁발 때문이었어. 다큐에서 탁발 공양하는 스님들을 봤는데, 저기 가야겠다 싶었어. 너도 알다시피 아빠는 첫 결혼에 실패했고, 그때 죽을 만큼 지쳐 있었어. 파리는 지옥이었지. 떠나고 싶었어. 방비엥에서 혼자 타고 있던 보트가 뒤집혔는데 그때 한국 여자 둘이 나를 구해줬어. 아빠가 수영을 못 하잖아. 한 명이 네 엄마. 그리고 나머지 한 명이 그 친구. 우리는 루앙프라방에 열흘 같이 있었고. 즐거웠어. 그 친구는 돌아갔고. 네 엄마는 남았지. 너는 얼마 지나지 않아 태어났고. 우리는 새벽마다 탁발 공양을 나갔어. 그 친구는 엄마의 친구였는데, 그때 그 친구 머리가 여기 스님들 같았지. 엄마는 절에서 자랐고, 가족이 없었어. 엄마가 그렇게 떠나고 그 친구가 왔어. 미안하다고. 서로 할 말이 그거밖에 없었어. 그리고 몇 년 뒤에 우연히 우리 카페에 온 거야. 엄마가 그리웠대. 그래서 네가 보고 싶었다고.

나는 엄마가 늘 그리웠다.

지독한 침묵. 오래된 침묵.

엄마에 대해 묻지 않았다.

알면 더 그리워질까 봐 무서웠다.

엄마의 얼굴이 기억나지 않는다.

엄마를 떠올리려고 하면, 당신의 얼굴이 떠오른다.

당신을 좋아하게 될까 봐 두려웠다.

당신을 믿게 될까 봐.

어떤 바람의 냄새.

서울을 떠나지 못하게 될까 봐.

오래된 팸플릿을 캐리어에 넣는다.

침묵 다음으로 아름다운 소리.

내가 아는 유일한 한글.

내일이면 인사동에 간다.

어쩌면 당신을 만날 수도 있겠지.

*

오전 11 : 18 백운산악회 단톡방에 링크 하나가 올라
왔다.

박 모 씨가 경기 고양시 덕양구 북한산 계곡에서 숨진 채 발견됐다.

경찰은 박 씨가 눈길에 미끄러져 사고를 당했을 것으로 보고 조사하고 있다.

오전 11 : 18 이 사람 어제 그 사람 아닌가?

오전 11 : 19 어머, 맞네요.

오전 11 : 19 오늘 새벽에 발견됐답니다.

오전 11 : 23 삼가 고인의 명복을 빕니다.

오전 11 : 25 우리가 이 사람을 마지막으로 본 사람들일 수도 있겠습니다.

오전 11 : 29 기분이 이상하네요.

오전 12 : 13 삼가 고인의 명복을 빕니다.

오후 1 : 02 힘들어서 누워 있었던 걸까요. 기운 없어서 잘못 쓰러진 거 아닐까요?

오후 1 : 05 이런 얘기 불편하네요.

오후 1 : 17 여행 작가였대요. 여행도 많이 다녔다면서 조심 좀 하지. 아까워라.

오후 3 : 39 술 마신 거 아닐까요?

오후 4 : 15 그러니까 배낭에 몰래 술 챙겨오고 그런 짓 좀 하지 맙시다. 시민 의식이 없어 사람들이.

오후 4 : 16 여기서 시민 의식이 왜 나옵니까.

오후 5 : 44 이러니 나라가 개판이지.

오후 5 : 45 그나저나 다음 산행은 어디로 가나요?

오후 6 : 01 정치하는 것들은 산에 좀 안 다니나.

오후 6 : 02 이번에도 북한산 어떻습니까? 회장으로서 제안합니다. 이 양반이랑 만났던 바위 위에 국화꽃 한 송이씩 올려놓으면 의미도 있고 좋을 것 같습니다만.

오후 6 : 04 좋아요!

오후 6 : 05 굿.

오후 6 : 06 굿굿.

오후 6 : 29 ㅇㅋ

오후 6 : 55 좋습니다.

오후 7 : 01 그런데 국화꽃값은 회비로 하는 건가요?

오후 10 : 07 정동진 밤바다. 참 좋습니다.

회원은 22명.

링크 옆 2는 끝내 사라지지 않았고, 3명은 끝까지 아무 말이 없었다.

*

작가님, 팬입니다.

작가님 책은 다 가지고 있어요.

저는 여행 작가가 꿈인 대학생입니다.

작가님 책을 처음 선물해주신 건 고등학교 때 담임 선생님이셨어요. 뒤늦게 사춘기가 와서 방황할 때였는데, 너무 오래 걸리진 않았으면 좋겠다고 하시며 주셨습니다.

작가님의 책들은 제 인생을 바꿔놓았어요. 그때 출간되어 있던 작가님의 모든 책을 찾아 읽었습니다.

나는 내가 생각하는 내가 아닌 것처럼 너는 내가 아는 네가 아니다. 나는 아무것도 모른다. 아무것도 모른다는 사실을 잊지 않기 위해 나는 나로부터 달아난다. 내가 떠난 자리에 구멍이 생긴다. 구멍은 점점 많아진다. 늘어난다. 이어진다. 넓어진다. 엉망이다. 이러다 내

가 빠져나온 자리에 빠져 죽을 것 같다. 내가 있다고 생
각하는 나는. 나에 대한 생각이 나의 존재를 믿게 만들
지만 나는 어디에도 없다. 물론, 여기에도.

　두 개의 똑같은 거울이 나란히 걸려 있는 사진. 밑에
있던 문장들입니다.

　두 개의 거울.

　커다란 두 개의 거울 어느 쪽에도 작가님이 찍히지
않은 사진. 어떻게 자신이 나오지 않게 거울 두 개를 정
면에서 찍을 수 있었는지 궁금했습니다.

　거울이 걸려 있던 도시는 뉴욕이었던 걸로 기억합니
다. 왜 저 문장들이 좋았는지 모르겠습니다. 지금 생각
해보면 당연한 이야기라서 좋았던 것 같기도 합니다. 아
니요, 어쩌면 그저 거울 두 개가 마음에 들었는지도 모
르겠습니다.

　지난 3년 동안 열심히 아르바이트를 했습니다. 삼각
김밥과 컵라면을 지겹도록 먹었습니다. 이번 방학에는
처음으로 작가님의 첫 책에 있던 도시들, 골목들을 따라
가 볼까 합니다. 거울들이 걸려 있던 벽 앞에 서면, 사진
의 비밀을 알아낼 수도 있을까요? 높고 하얀 벽 앞에서.
저도 제가 나오지 않게 사진을 찍을 수 있을까요? 어디

에도 없다는 나를. 작가님은 '나'는 어디에도 없다고 하셨지만. '나'를 떠난 당신은 나와 함께 있는 당신입니다. '나'는 사라져도 당신은 사라지지 않습니다. 나는 너로 현전합니다. 고맙다는 인사를 전하고 싶었습니다. 고맙습니다.

　희재는 그의 블로그에 글을 남겼다.
　고맙습니다. 마지막 문장은 소리 내 읽었다.

*

　캄캄한 밤.
　별은 보이지 않는다.
　저 멀리 빛나고 있는 것은,

*

　뭐 하나 물어봐도 돼?
　뭐 그런 걸 물어. 애들도 아니고.
　그냥.

글쎄.

생각 좀 하고 대답해.

그런가?

그건 아냐.

그럼 뭐지?

글쎄.

그런 게 있나?

없는 게 좀 더 중요하게 느껴지긴 하지.

뭐가 없는데?

힘들어.

이거 좀 봐.

티나 내지 말든가.

이건 어제 찍은 건데.

우울해?

그냥.

벌써. 시간 잘 간다.

잘 생각해봐.

돈?

세월이 너무 빨라.

우울증도 방치하면 심해지는 거 알지?

그렇다 치고.

너무 늦었다.

그런가?

자유는 무야. 무는 견디기 힘든 거고.

가자.

어디 아픈 덴 없지?

그런데.

그래서 넌?

자아가 있는데, 자유로울 수가 있나.

그래도는 무슨 그래도야.

저기 길 건너 공터.

그냥.

잘 모르겠어.

생각으로 견디나. 견디는 건 몸이지.

응, 아직.

저녁은?

그래,

가,

현경은 그와 마지막으로 만났던 날을 떠올렸다.

둘은 태어나서 20년 가까이 옆집에 살았다. 현경의 동생과 그의 동생은 가장 친한 친구였고, 넷은 벌거숭이 시절부터 줄곧 같이 어울렸다. 무는 견디기 힘든 거고. 그날 그의 동생과 현경의 동생은 약속 장소에 나오지 않았다. 그의 동생은 갑자기 중요한 골프 약속이 잡혔다고 했고, 현경의 동생은 처가댁에 급한 일이 생겼다고 했다. 둘은 만났다. 점심을 먹고 커피를 마시고 헤어졌다. 술은 다음에 넷이 하자. 현경의 차에서 내리면서 그가 말했다. 형부한테도 안부 전해주고. 현경은 백미러로 그가 현경의 차가 사라질 때까지 서 있는 것을 보았다. 저것도 성격이지.

무는 견디기 힘든 거고.

누가 그걸 몰라. 모른 척. 왜 그걸 못해.

누구의 말이 누구의 말인지 알 수 없어졌다.

견딜 수가 없어.

등에 업힌 두 살배기 손녀가 울었다.

*

바로 이 그림 앞에 멈춰 서기까지

한번은 베를린에서 뮤지엄 패스를 끊었다. 뮤지엄 패스로 하루에 세 개의 미술관을 보고 호텔에 들어가서 맥주 한 캔 마시고 자는 일정의 반복. 나는 어떤 그림 앞에 멈춰 서는지 잘 모르겠다. 추상과 구상의 문제인지. 빛과 색의 문제인지. 화가와 화풍의 문제인지. 아우라와 날씨의 문제인지. 그날은 호텔을 중심으로 남쪽에 있는 미술관들을 돌아볼 생각이었다. 빈손으로 호텔 방을 빠져나왔다. 바람이 찼다. 고개를 숙이고 걷다가 횡단보도 앞에 세 번 멈추어 섰다. 옆 사람이 움직이면 고개를 들어 신호를 확인하고 길을 건넜다. 가는 길에 체크포인트 찰리가 있었고, 사람들이 검문소 앞에서 사진을 찍었다. 군복을 입은 사람이 검문소를 지키고 서서 사람들과 사진을 찍어줬는데 군인인지, 아르바이트인지 궁금했다. 그사이 구름이 조금 움직였고, 해가 나왔다. 새벽까지 비가 왔는지 땅은 젖어 있었다. 마트에 들러 물을 한 병 샀고, 감기약을 먹었다. 다시 걷기 시작했다. 어린이집 앞에 작은 놀이터가 있었다. 아홉 개의 나무 도막을 돌리면 머리, 몸통, 다리를 바꿔 새로운 조합의 사람을 만들 수 있는 놀이 기구 앞에 서서 머리, 몸통, 다리를 모두 아홉 번 바꾸어보았다. 놀이 기구 아래 작은 물웅덩이가 있었다. 아이들이 여기 자주 서 있기 때문일까. 시립 미술관은 길 건너에 있었고, 길을 한 번 더 건너야 했다. 빨간불. 멈춰 서서 건너편 펍의 맥주 맛을 상상했다. 초록불. 길을 건넜고, 뮤지엄 패스. 떠올렸다. 뮤지엄 패스를 호텔에 두고 나왔다. 바로 돌아서지 않고 잠깐 망설였다. 그냥 입장권을 끊고 들어갈까. 급할 것도 없는데. 돌아섰다. 빨간불. 앞쪽에 내가 돌려놓은 나무 도막 사람들이 맞지 않는 머리와 몸통과 다리를 하고 있었다. 요리사 모자를 쓴 남자가 입은 빨간 스커트. 금발의 파마 머리 여자의 다리에 난 무성한 털. 같은 것들이 보였다. 초록불. 길을 건넜고, 작은 물웅덩이를 피해 걸었다. 체크포인트 찰리 앞을 지날 때 군인은 보이지 않았다. 화장실에 간 걸까. 퇴근한 걸까. 그사이 구름은 조금 더 멀리 흩어졌다. 햇살을 등에 맞으며 호텔을 향해 걸었다. 두 번. 횡단보도 앞에 멈추어 섰고, 호텔의 엘리베이터를 기다렸고, 방문을 열고 들어가, 두고 나온 뮤지엄 패

스를 찾았다. 그때 화장대 거울을 봤던가. 내 표정이 어
땠는지 생각나지는 않는데. 잠깐 멈춰 서기는 했다. 화
장대와 침대 사이에 엉거주춤하게 서서, 같은 길을 또
걸어야 하다니, 생각했다. 방문을 닫고 나와서 엘리베이
터를 기다렸다. 반복. 엘리베이터 문이 열렸다. 남자와
여자 한 명씩 두 사람이 타고 있다. 차이. 엘리베이터가
1층에서 멈추고 문이 열린다. 남자가 좋은 하루 보내요.
인사를 한다. 차이. 횡단보도까지 걷는다. 횡단보도 앞
에 멈춰 선다. 반복. 빨간불. 반복. 옆에 사람이 와서 선
다. 반복. 옆 사람이 발끝으로 인도의 보도블록을 톡톡
찬다. 차이. 초록불. 반복. 오토바이 한 대가 신호를 무시
하고 달려간다. 차이. 횡단보도의 흰 부분만 밟고 건넌
다. 반복. 똑같이 흰 부분만 밟으며 건너오던 여자와 부
딪힐 뻔 한다. 차이. 아슬아슬하게 피한다. 카페 아인슈
타인에서 커피를 마시고 있는 사람들과 눈이 마주친다.
거짓. 아인슈타인 커피는 한 블록 앞에 있다.

　걸어온 길이 달랐다면.

　_일간지에 실린 그날의 칼럼.

*

영화 제목은 기억나지 않고.

내가 누나의 손을 잡았던 순간.

내 스무 번째 생일.

누나는 내가 민망해할까 봐 잠깐 기다려줬다. 1분? 2분?

누나는 내 손을 잠깐 힘주어 잡았다. 꽉 잡았다 놓는 느낌으로. 그리고 손을 빼내 콜라가 담긴 컵을 잡았다. 한 모금 마시고, 5분? 10분? 콜라를 그대로 들고 있었다.

영화의 엔딩 크레딧이 올라가는 동안, 누나는 화면만 바라봤다.

극장에 불이 켜졌다.

근처에 승림이 있을 거야. 같이 밥이나 먹을까?

누나는 일어서며 말했다.

어, 그러던가.

내 얼굴을 보지 않았다.

누나는 그날 저녁을 먹는 동안 나에게 너는 승림이나 다름없는 동생이라고. 일곱 번이나 동생, 좋은, 평생, 친구라는 단어들을 언급했다. 전혀 자연스럽지 못했다.

누나가 제 첫사랑이었어요. 행복하게 해주세요.

누나의 남편을 처음 만난 날, 나는 웃으며 말했다.

고등학생 때도 나는 까까머리를 하고 누나만 보면 웃었다.

너 어른스럽다는 말 많이 듣지?

누나가 어떻게 알아?

누나가 내 방 문턱을 밟고 서 있었다.

누나, 복 나가.

내가 누나의 발을 가리켰다.

보면 알지.

누나는 문턱에서 내려섰다.

우리 누나는 아직도 내가 자기 따라다니는 꼬맹이인 줄 알아.

욕실에서 누나가 젖은 머리를 수건으로 감고 나왔다.

언제 왔어?

좀 전에.

누나는 누나를 향해 돌아섰다.

물 떨어진다. 얼른 말리고 나가자.

근데 어른스럽다는 말은 어른이 아니라는 말이야.

누나는 불쑥 내 방으로 들어와서 말했다.

내 어깨에 손을 얹었다. 두 번, 툭툭 쳤다.

어른한테는 아무도 어른스럽다고 안 하잖아. 잘 생각해봐.

누나가 내 어깨를 한 번 더 툭, 치고 나갔다.

중학교에 막 입학한 내 키가 처음으로 누나의 키를 앞질렀을 때.

누나, 이제 내가 오빠다.

그래. 너 오빠 해.

누나가 키가 한 뼘은 더 큰 내 머리에 손을 얹고 쓰다듬었다.

어허. 누가 오빠 머리를 막 쓰다듬어. 오빠가 쓰다듬어줘야지. 동생, 오빠 말 잘 들어. 알았지?

내가 누나의 머리를 쓰다듬었다.

근데 꼬맹아, 키만 크면 오빠라고 생각하는 오빠가 어디 있니? 꼬맹이들이나 그렇게 생각하지.

누나가 내 어깨를 두 번, 툭툭 쳤다.

귀엽긴. 뭘 맨날 빨개져. 토마토냐. 꼬맹이 토마토니까 꼬마 토마토?

한동안 누나는 나를 꼬마 토마토라고 불렀다.
방토, 밥은 먹고 다니니?
누나는 종종 문자를 보냈다.

하얀색 비닐이 씌워진 테이블 위에 접시가 놓여 있다.
접시 위에 방울토마토가 놓여 있다.

나는 방울토마토 하나를 집어 든다.

*

'이다'는 필연이다.
나는 내 어머니의 딸이다.
'되다'는 우연이다.
나는 당신과 잠시 우리가 된다.
필연과 우연 사이에 내가 있다.
텅 빈, 나.

협회에서 주관하는 여행 작가 아카데미 12주 과정을
등록했던 이유는 단 하나. 7주차에 예정된 그의 강연 때문이었다. 그를 한번 만나고 싶었다. 8명의 여행 작가와 2명의 사진작가가 10주에 걸쳐 특강을 진행하는 형식이라고 했다. 마지막 2주는 각자 글을 쓰고 발표하는 시간. 다른 사람들 앞에서 내 글을 발표해야 한다는 부담이 있기는 했지만 그때 가서 마지막 2주는 결석을 하면 되니까, 하는 마음으로 신청을 했다. 나는 그의 책을 다섯 권 가지고 있었다. 그의 글은 대체로 적당히 가벼웠다. 문장의 무게를 정확히 알고 쓰는 사람. 다섯 권의 책에 지나치게 무거운 문장은 단 하나도 없었다. 그는 절대로 끝까지 가지 않는다. 내가 그의 책에서 처음 읽은 문장은 '이다'는 필연이다,였다. 적당히 그럴듯해 보이는 문장.

하지만.

'이다'는 우연이다.

나는 화학과 학생이다.

'되다'는 필연이다.

수소와 질소의 혼합기체를 반응시키면 암모니아가 형성된다.

우연과 필연의 합.

사방으로 흩어지는 암모니아 냄새.

어떻게 바꿔도 대충 말이 되는 문장들.

싫은 건 아니고, 그냥 한번 만나고 싶었다.

너는 적당한 게 없어. 항상 지나쳐. 항상.

내가 학교에서 선생들한테 가장 많이 들은 말이었으니까.

그는 힘없이 들어왔다. 힘이 없어 보이기로 한 건지. 진짜 힘이 없는 건지. 암튼. 느릿느릿 들어와서 화이트보드 앞에 섰다. 이미 6주간 진행된 특강. 6명의 작가는 모두 성의껏 PPT를 준비해왔다. 자신이 찍은 사진이나 쓴 글들을 보여줬고 특별한 사진을 찍기 위한 방법, 좋은 글을 쓰기 위한 기술 같은 것들을 열심히 설명했다. 그는 빈손이었다. 준비해온 자료도, 강의안도, 긴장도 아무것도 없었다. 게다가 자기 이름을 화이트보드에 쓰고 2분쯤 지났을 때는 아예 화이트보드에 기대어 섰다. 여기 저 사람 이름 모르는 사람도 있나. 자세마저 성의가 없군. 나는 속으로 생각했다.

질문을 받죠. 제가 생각을 해봤는데 저는 특강은 못할 것 같습니다. 특별한 것도 강의도 둘 다 저하고는 안 어울려서요.

나는 손을 들었다.

그럼 왜 특강을 하겠다고 하신 거죠? 애초에 거절하실 수도 있었잖아요?

그러게요. 사회생활이라고 해두죠.

그의 말에 대다수가 웃었다.

여러분이 여기 12주 과정을 다니신다고 들었습니다. 이미 6주 특강을 들으셨다고요. 그사이 생긴 궁금증이 있으면 질문을 해주세요. 그러면 제가 답할 수 있는 선에서 답을 해보도록 하겠습니다.

여행 작가가 되려면 어떻게 해야 하나요?

맨 앞자리에 있던 사람이 손을 들고 물었다. 짧은 머리에 야구 모자를 쓰고 있어서 성별을 알 수 없었다.

여행을 하시고, 글을 쓰시면 되겠죠? 뭐 저처럼 블로그에 그 글을 올리셔도 좋고요. 아니면 원고를 써서 출판사에 직접 투고를 하시는 방법도 있겠죠. 당연한 얘기하고 있다, 그런 표정들이신데요.

몇몇이 웃었다.

좀 더 당연한 얘기를 해보자면. 여행도 하고 돈도 벌고 좋겠다. 그런 말씀들을 많이 하세요. 그런데 저는 여행을 정말 좋아하시면, 그냥 돈은 다른 일로 버시고, 여행은 일로 만들지 말라고 말씀드리고 싶네요.

그러면 작가님은 왜 계속 하시나요?

저는 이미 다른 일을 하기에는 좀 늙었고,

사람들 몇이 또 웃었다. 진짜 늙은 사람은 하지 않는 말. 늙음을 웃음거리로 만드는 말.

한 번 이직한 경험이 있어서 이직의 피곤함을 잘 알거든요.

그는 몸을 전혀 움직이지 않고 있었는데, 나는 그가 건들거린다고 느꼈다.

전에 무슨 일 하셨는지 여쭤봐도 될까요?

처음 질문을 했던 야구모자가 또 질문을 했다.

떠올리고 싶지 않네요.

그가 진저리치는 시늉을 했다.

몇몇이 또 소리 내 웃었다.

나는 불쾌했다. 농담 따먹기나 하면서 시간을 때우시겠다?

작가님에게 여행이란?

내 앞앞 자리에 앉은, 빨간 양말을 신은 남자가 물었다. 남색 정장 바지 아래로 드러난 빨간 발목이 계속 눈에 거슬리던 참이었다.

일이죠.

다녀와서 글을 안 쓰시면 일이 안 되지 않나요?

습관이 돼서 카메라, 노트북, 외장 하드, 배터리 이런 것들을 놓고 여행을 못 가요. 여행이라는 게 떠나는 건데, 떠나는 일이 돌아가는 일이 돼버린 거죠. 그러니까 떠날 데가 없어졌다고 해야 되나. 여행은 일이고, 일은 중독이고, 중독은 죽음이죠.

어떻게 하면 그렇게 적당한 글을 쓰실 수 있습니까?

내가 물었다.

혹시 안티?

사람들이 웃었다. 저런 썰렁한 농담에 웃어주다니. 아주 팬 미팅 현장이 되어가고 있구나.

적당하게 봐주시면 고마운데. 제 글은 적당하다기보다는 가볍죠.

너무 겸손하신 거 아닙니까.

맨 뒷자리에 앉아 있던 사람이 마치 반대쪽 산 정상에 있는 사람에게 소리치듯이 큰 소리로 말했다.

여럿이 소리 내 웃었다. 그는 웃지 않았다.

작가님은 여전히 '이다'는 필연, '되다'는 우연이라고 생각하시나요? 그래서 필연과 우연 사이에 자신이 있다?

　나는 또 지나쳤다. 몇몇 사람들이 나를 돌아봤다. 빨간 양말을 신은 남자와 눈이 마주쳤다.

　필연과 우연이 크게 다르지 않다고 생각합니다. 필연도 우연도 연이니까요. 연은 그러한 것이고요. 그냥, 그러한 것. 저는 그러하고자 했으나 그러하지 못할 때가 더 많은 그러한 사람입니다. 그러니 여전히 필연과 우연 사이에 있을 수도 있겠죠. 필연과 우연은 돌고 도니까요. 필연과 우연이 다르다는 생각을 해본 적이 없어요. 사실. 필연과 우연의 합은 공이죠. 그러한 공을 필과 우로 나눈 건 인간이고요. 여러분과 제가 여기서 만난 건 우연입니까? 필연입니까? 어떤 분은 우연으로 어떤 분은 필연으로 생각하시겠죠. 그런데 3년쯤 후에 말입니다. 어떤 분이 여행 작가가 되셨다고 가정해봅시다. 그분이 우연히 여행을 갔다가 제 책을 어느 게스트하우스 책장에서 마주친 겁니다. 그러면 그분이 오늘의 만남을 그때에 가서 우연이었다고 생각하실까요? 우리 사이에 어떤 인연이 있었던 거라고 생각하실까요? 필연도 우연도 결국 해석하기 나름이겠죠. 사후에 이름 붙이기 나름이고요. 뭐 그런 거 있잖아요. 작가가 되고 나서 어릴 때를 떠올려보니, 국어 선생님이 우연히 지나가면서 한마디 했던 거죠. 넌 작가가 되면 좋겠구나. 그러면 그 과거에 선생님이 우연히 한 말은 현재에 의해서 필연이 되죠. 나는 작가가 될 운명이었다. 뭐 이런 서사가 완성된다고 할까요. 그냥 그런. 어떤 우연은 필연이 되고 어떤 필연은 우연이 되기도 하겠죠.

여러 사람이 수긍을 해서 끄덕이는지, 그냥 끄덕이는지 끄덕였다.

그는 역시 적당했다. 적당히 피해갔다. 필연과 우연이 다르다는 생각을 해본 적이 없어요. 그는 오류를 인정하지 않고, 오류의 원인을 제거하는 방식으로 내 질문을 비껴갔다.

그런데요 선생님, 제 생각은 어쩌다 옳기도 할까요? 자신이 없네요. 생각은 보통 흘러요. 흐르고 싶은 대로. 그래서 한번 시작되면 방향을 바꾸기가 쉽지 않고요. 저는 쉽게 휩쓸립니다. 끌려가요. 또 가끔은 마치 음악에 그런 것처럼. 흘려요. 갑자기 시작되는. 툭 끊기는. 리듬을 타고. 조금씩 계속 죽어가고 있죠. 여러분과 마찬가지로.

사람들이 또 웃었다.

그는 이제 제일 앞자리 빈 책상에 걸터앉아 있었다.

양말을 신지 않았군.

나는 청바지와 로퍼 사이에 드러난 그의 발목을 그 시간이 끝날 때까지 보고 있었다. 그 뒤로 그가 무슨 말을 더 했는지, 어떤 질문과 대답이 더 오갔는지 기억나지 않는다.

왜 시비를 걸고 싶었지?

나는 나에게 묻고 있었다.

나는 화학과 학생이 아니었고.

그의 죽음은 필연이었을까. 우연이었을까. 어느 쪽이든. 그러한 일은 일어나지 말았어야 했다. 그의 특강을 들은 지 3년이 지났고, 나의 첫 책은 인쇄소에 있다. 길어도 일주일이면 책이 나올 것이다.

당신은 여행 작가이다.

당신은 죽은 여행 작가가 되었다.

어느 쪽이 우연인가. 어느 쪽이 필연인가.

나는 이제 어디에 가서 물을 수 있나.

*

　김수민은 도로를 바라보고 있다.

　눈이 오네.

　김수민은 계속 도로를 바라보고 있다.

　눈이 많이도 오네.

　김수민이 바라보고 있는 도로, 횡단보도 앞에 세 명의 사람이 서 있다. 둘은 우산을 썼고 한 명은 털모자를 썼다.

　눈이 와서 그런가.

　횡단보도의 신호가 초록으로 바뀌고 세 명이 길을 건넌다. 셋 중 체크무늬 우산을 쓴 남자가 약국 문을 열고 들어온다.

　어서 오세요.

　김수민은 남자가 길 건너 2층 비뇨기과에서 나올 때부터 보고 있었다.

　올겨울은 눈이 귀했는데 하필 오늘 눈이 오네요.

　남자가 처방전을 김수민에게 건네며 말한다.

　하필 오늘. 병원에 오는 날 하필이라는 뜻인가.

　생각하며 김수민은 말한다.

　그러게요, 눈이 많이도 오네요.

　처방전을 들고 조제 공간으로 들어간다. 10평 남짓한 약국. 김수민은 하루에 75회쯤 이 조제 공간을 오갔다.

　비뇨기과에서 오는 처방은 거의 똑같았다. 2주치 약을 담았다.

　오늘따라 손님이 별로 없네.

　김수민은 종이봉투에 약포지를 넣으며 조제 공간 바깥으로 나왔다.

　하루에 한 번, 주무시기 전에 드시면 됩니다. 혹시 다른 약 복용하시는 거 있나요?

　혈압약이요.

　전립선 약은 처음 드시는 건가요?

　체크무늬 우산은 처음이었다.

　네.

　병원에서 설명 들으셨겠지만 기립성 저혈압이 나타날 수 있어요. 어지러우실 수 있으니까 누웠다가 일어나시거나 할 때 천천히 움직이시는 게 좋고요. 혈압약은 보통 아침에 드시죠? 이 약은 주무시기 전에 드시는 게 좋아요.

　네, 술은 마셔도 되죠?

빨리 낫고 싶으시면 술, 담배, 커피 다 안 하시는 게 좋죠.

그러니까 약하고 절대 같이 먹으면 안 된다, 그런 건 아니죠?

하필 오늘. 술 약속 때문이었나?

생각하며 김수민은 대답했다.

네.

체크무늬 우산은 종이봉투를 점퍼 주머니에 대충 구겨 넣었다.

안녕히 가세요.

문을 밀고 나가는 체크무늬 우산을 향해 김수민은 인사를 했다.

대답 대신, 문이 닫히고 체크무늬 우산이 펼쳐지는 게 보였다.

하루 종일 눈이 오려나.

김수민은 도로를 바라본다.

횡단보도에서 두 사람이 길을 건너고 있다. 둘 중 한 명이 길 건너 1층 산부인과로 들어가는 것이 보인다.

드시고 있는 약 있나요?

혈압약 먹고 있습니다. 복용한 지 2년쯤 됐어요.

그가 처음 약국에 왔을 때 김수민은 오늘처럼 물었었다.

드시는 약이 있나요?

그는 별 특징 없는 환자였다. 네. 네. 네.

그는 올 때마다 이렇게 세 번 반복했다.

지난번과 같은 약이에요. 하루 한 번, 아침에 드시면 됩니다. 일정한 시간에 드시는 게 좋고요.

네.

약 드시면서 불편한 건 없죠?

네.

안녕히 가세요.

네.

몇 달 전, 약국 바로 위층에 있는 정형외과에서 손님들이 대거 내려온 적이 있었다. 근처에서 교회 버스가 급정거하는 바람에 많은 부상자가 나와서 정형외과의 처방 건수가 늘었을 때였다.

그는 산부인과에서 나왔다. 김수민은 도로를 보고 있었다.

신호가 초록으로 바뀌고, 그가 길을 건너는 게 보였다. 그가 약국 문을 밀고 들어왔다. 뒤이어 5명 정도의 할머니들이 단체로 들어왔다. 그는 뒤를 돌아봤고, 한발 뒤로 물러섰다. 할머니들이 차례로 처방전을 내고, 약을 받고, 설명을 듣고, 모두 돌아갈 때까지, 도로를 보고 서 있었다. 다섯 번째 할머니까지 모두 나가고, 그가 처방 전을 내밀었다.

기다려주셔서 감사합니다.

김수민이 말했다.

뭐 하나 여쭤봐도 될까요?

그가 약국에 다니기 시작하고 처음으로 질문을 했다.

네, 그럼요.

약국 이름 직접 지으셨나요?

네?

예전부터 궁금했거든요. 병원은 다들 자기 이름 걸고 하는데, 왜 약사 이름 건 약국은 드물까.

아. 네, 제가 지었어요. 국밥도 이름 걸고 팔면 더 맛있 을 거 같잖아요.

3년을 넘게 다니고 그걸 이제야 물어보다니.

김수민은 웃으며 약 포지에 약을 담았다.

지난번과 같은 약이에요. 하루 한 번, 아침에 드시면 됩니다.

　네.

　약 드시면서 불편한 건 없죠?

　네.

　안녕히 가세요.

　네.

　싱거운 사람.

　김수민은 그가 서 있던 자리를 보았다. 그가 서 있던 자리 앞 유리에 약국 이름이 쓰여 있었다.

　밖을 보고 있는 줄 알았는데.

　김수민은 도로를 보고 있다.

　버스가 지나간다. 버스에 앉아 있는 사람들이 일렬로 고개를 숙이고 있다.

　해가 많이 길어졌네.

　그 여자 올 때가 지났는데.

　버스가 지나간다.

　병원을 옮겼나.

　김수민은 비뇨기과에서 한 남자가 나오는 것을 본다.

　신호가 바뀐다.

　앞에 눈 안 쓸어요? 넘어질 뻔했네.

　남자가 약국 문을 열고 들어서며 말한다.

어서 오세요.

*

『욕심쟁이 거인』은 오스카 와일드가 1888년에 발표한 동화다. 나는 이모를 욕심쟁이라고 생각한 적은 한 번도 없었다. 거인은 물론 아니었고.

엄마, 동화책 읽어줘.

엄마 지금 너무 바빠. 오빠한테 읽어달라고 해.

읽어줘.

동생이 제일 많이 하던 말이었다. 동생은 초등학교에 입학할 때까지 한글을 몰랐다. 엄마는 규리에게 한글을 가르치지 않았다.

엄마, 한글을 가르쳐. 왜 안 가르치는 거야?

글자 알면 끝이야. 글자를 몰라야 상상도 하고, 생각도 하고 그러지.

쟤 어차피 아무 생각 없어.

이규원!

매일의 반복이었다. 아빠는 일주일, 길게는 보름에 한 번 집에 왔다.

규리 잘 놀고 있지?

엄마가 전화를 걸어 수시로 물었다.

이규리가 내 딸이야?

나는 싫었다. 아빠가 집에 자주 못 오는 것도, 엄마가 밤늦게나 퇴근하는 것도. 다 싫었다. 이규리의 오빠인 건 제일 싫었다.

규원아, 이모가 우리 집에 와서 잘 거야. 엄마 3일 뒤면 오니까 규리 잘 챙기고. 엄마, 아빠 없을 땐 네가 규리 보호자인 거 알지?

엄마는 출장을 갈 때마다 말했다.

생각해보면 규리가 태어나기 전에도 나는 몇 번이나 이모랑 둘이 잤다.

퇴근을 하자마자, 짐을 챙겨서 나가는 엄마와 이모는 교대했다.

이모다.

규리는 이모에게 뛰어가 안겼다.

언니, 애들 저녁 좀 먹여줘. 부탁할게. 고마워.

엄마는 신발을 신으며 아직 현관에 서 있는 이모에게 말했다.

딸, 사랑해. 아들, 엄마가 많이 사랑하는 거 알지.

엄마가 나가고 현관문이 닫히고 문이 잠기는 소리가 들렸다.

이모, 동화책 읽어줘.

규리가 동화책 한 권을 바닥에 질질 끌며 욕실로 들어가는 이모를 잡았다.

이모 손 좀 씻고. 규원아, 우리 저녁 뭐 먹을까?

아무거나.

자장면 시켜 먹을까?

그러든가.

사춘기야?

나는 5학년이었고 규리는 6살이었다.

읽어줘.

규리가 욕실에서 막 나온 이모의 다리를 두 팔로 감아 안았다.

규원아, 네가 주문 좀 해. 너 먹고 싶은 걸로.

욕심쟁이 거인.

이모는 욕심쟁이 거인을 소리 내 읽었다.

"거인은 천국에 갔어요."

동화가 끝났다.

신기한 동화네. 무슨 동화가 신과 죽음에 대해 이야

기하지?

이모가 혼잣말을 했다.

이모, 그거 그런 동화 아니거든.

거인이 신의 정원으로 갔다니.

그거 아이들과 소통하라는 얘기야. 우리 집 어른들이 읽어야 되는 이야기라고.

근데 애들이 이걸 이해하나?

이모가 자꾸 혼잣말을 했다.

이모는 자주 혼잣말을 했다.

이모, 근데 천국이 뭐야?

그때 규리가 물었다.

천국?

야, 이규원. 천국은 네가 대답해줘야겠다. 너희 교회에서 천국 뭐라고 그래?

천국? 저세상.

뭐?

이모가 웃었다. 이모가 그렇게 크게 웃는 건 처음이었다. 규리가 놀라서 이모를 바라봤다.

자장면이 마침 도착했고, 우리는 자장면과 탕수육을 먹었을 것이다. 나는 그 뒤로도 여러 번 자장면과 탕수

육을 먹으며 중학생이 됐고, 고등학교를 졸업했고, 대학
을 다녔다. 나를 키운 건 팔 할이 자장면이다. 이모는 그
사이 결혼을 했고, 엄마가 됐고, 이혼을 했다. 여전히 자
장면을 자주 시켜 먹는 거 같았다.

욕심쟁이 거인.

나는 이모를 한 번도 욕심쟁이라고 생각하지 않았
지만.

그래서 이모는 천국을 뭐라고 생각해?

묻고 싶었다.

오랜 시간 뒤에.

이모가 천국을 뭐라고 생각했든.

아빠, 천국이 뭐야?

딸이 물었을 때,

대답 대신,

"거인은 천국에 갔어요."

나는 한 번 더 소리 내 읽었다.

저세상이 뭐가 그렇게 웃겼어.

이모처럼 혼잣말을 했다.

거인이 정원에 누워 있었다.

*

3202호 베란다에 빛이 들었다.

밤사이 시클라멘 세 송이가 올라왔다.

빨래 건조대에는 세 장의 팬티와 한 개의 브래지어,
두 켤레의 양말, 일곱 개의 수건이 바싹 말라 있다.

*

파슈파티나트 사원에서 만났어.

그땐 그 사람이 여행 작가인 건 몰랐고.

그날 내내 기분이 이상했어. 불길이 타오르는 걸 한
참 동안 보고 있었거든. 다 태운 재를 더러운 물에 흘려
보내는 것까지. 몇 번이나. 그 꽃 이름이 뭔가. 지금도 모
르겠다. 주황색 꽃 무더기에 불이 붙고, 그 아래 누운 몸
에 옮겨 붙고, 활활 타고, 사그라들고, 재가 남고, 남은
재를 강으로 밀고. 두 구, 세 구의 시신이 동시에 타기도
했어. 나는 그 재가 흐르는 강 건너편에 앉아 있었고. 내
뒤쪽으로 사원이 있었어. 사진은 차마 못 찍겠더라. 입
장료를 내고 거기, 관광을 갔었다니. 화장터가 관광지라

니. 인간들 웃기지?

　　그날 거기 해가 질 때까지 앉아 있었어. 많은 사람이 오고 갔어. 누군가가 가까이 앉았다가 일어나 옷을 툭툭 털고 떠났어. 해가 지니까 춥더라. 초승달이 예뻤어. 일어서는데 배가 고프더라고. 그것도 웃기지? 암튼 더 어둡기 전에 여길 빠져나가야겠다 생각하니까 괜히 마음이 급해지더라고. 캄캄해지면 영 도망가지 못할 거 같았다고 해야 되나. 주위에 사람은 거의 없었어. 뛰다시피 빠른 걸음으로 걸었어. 입장료를 내고 통과했던 문을 나설 때, 이상하게 마음이 놓이더라. 사람들이 사는 세상으로 안전하게 돌아온 것처럼. 근데 마침 앞에 여자 하나가 천천히 가고 있더라고. 동양인. 뒷모습일 뿐인데, 우리나라 사람 같았어. 이상하게 엄청 반갑더라. 뛰어서 그 사람의 걸음을 따라잡았지. 한국 사람이었어. 내 또래. 알고 보니 숙소도 근처더라고. 배 안 고프세요? 맥주 한잔하실래요? 내가 물었지. 그 사람이 웃었어. 배고플 때 맥주 마셔요? 많이 마시거든요. 나도 웃었어. 서로 약간 취기가 돌았을 때. 목소리도 좀 커지고, 말도 좀 많아지고, 괜히 인연인 거 같고, 그럴 때. 그가 카메라를 켜서 사진을 보여줬어. 몇 장 넘기다 보니 내가 거기 앉아 있더라고. 멀리서 찍은 사진이었는데, 강 건너를 바라보고 있는 내가 꼭 붉은 점 같더라. 몇 무더기의 잿더미. 흘러가는 물. 눈부시게 파란 하늘. 이 사진 저 주세요. 내가 그랬지. 그 사람이 보름 뒤쯤 사진을 메일로 보내줬어. 나는 그 사람 블로그에 들어가 봤지. 여행 작가였구나. 알았어. 파슈파티나트 사원이라는 제목의 글이 있더라. 사진을 꽤 많이 찍었었는데. 그날 그 사람 카메라에 화장터 사진이 정말 많았거든. 아침부터 해가 질 때까지 종일 거기 있었더라고. 근데 말이야 그 글에는 사진이 한 장도 없었어. 클릭해서 들어갔는데 아무것도 없더라. 빈 페이지 제일 끝에 마침표 하나만 있었어. 모니터에 묻은 먼지 같은. 새 책 나왔다는 소식이 들리면 한 번씩 잘 사는구나, 그랬어. 그게 다였는데. 이상하게 그 사원에 다시 가보고 싶네. 그날. 다시는 오지 말아야지 했었는데.

주영은 한 손에 맥주 캔을 들고, 꺼진 TV 앞에 앉아 있다. 옆에 애지와 중지가 있다. 애지가 주영의 허벅지를 두 발로 번갈아 꾹꾹 누른다.

*

기석래는 3202호에 지난 5일 동안 매일 왔다.

택배는 전날 그대로 쌓여 있었다.

어딜 갔나.

어딜 잘 가지.

언제 오나. 관리실에 맡길 걸 그랬나.

문 앞에서 2초간 고민했다.

오겠지.

두 개의 택배를 어제의 택배 위에 내려놓고 돌아섰다.

빠르게 엘리베이터에 올라탔다.

엘리베이터가 36층으로 이동하는 사이,

보통 길게 집을 비울 때는 관리실에 맡겨달라고 문자를 했던 거 같은데.

생각했다.

기석래는 3202호와 다섯 번 마주쳤다.

안녕하세요, 감사합니다.

3202호는 볼 때마다 깍듯했다. 두 번은 남자와 함께 있었다.

혼자 사는 거 같았는데.

괜히 이상한 기분이 들었지만,

엘리베이터가 36층에 도착했다.

택배 상자를 3601호 앞에 내려놓았다.

3202호에 대한 생각도 함께 내려놓았다.

빠르게 엘리베이터로 돌아갔다.

*

저 아가씨 혼자 왔어?

신경 꺼.

꽤 치는 거 같은데.

신경 끄라고.

당구장 홍 사장은 피곤했다. 봄이만 오면 당구장 남
자들이 슬며시 다가왔다.

아가씨, 당구 좀 치나 봐요. 400, 드문데.

봄이에게 직접 다가가서 말을 거는 쪽은 더 피곤했다.

손님, 제 딸입니다.

홍 사장은 거짓말도 해봤다.

아, 사장님, 따님. 그래서 조기교육이 된 건가?

오히려 더 피곤해졌다.

봄이는 초등학생 때부터 본 진짜 딸 같은 손님이다.

한 달에 한 번은 꼭 왔다. 엄마 손을 잡고 와서 자장면만 먹고 가던 꼬마가 어느새 큐대를 잡고, 엄마와 게임을 하고, 가끔은 혼자 와서 엄마가 여행을 갔으니 아저씨가 좀 같이 치자고, 살갑게 굴었다.

봄이는 5년째 혼자 오고 있다.

전처럼,

아저씨, 한 게임 하실래요?

묻지 않는다.

조용히 와서 40개의 길을 풀면 집에 간다.

사람들이 무슨 말을 해도 대답하지 않고, 웃지 않고, 화내지 않고 묵묵히 길만 본다.

어떤 길로 칠 것인가.

이걸 제일 먼저 생각해.

꼭 두 개 이상의 길을 봐.

봄이가 묵묵히 당구를 치고 있는 걸 보면 언제나, 봄이에게 당구를 처음 가르치던 그의 모습이 떠올랐다.

어떤 길로 칠 것인가.

봄이가 큐대를 들고 가만히 당구대를 내려다보고 있으면 마음이 덜컹했다.

400.

봄이에게 길은 그리 오래 생각하지 않아도 보일 것이다. 홍 사장은 봄이가 간 뒤에 몇 번이나 당구대에 물방울이 떨어져 있는 것을 닦았다.

그만 오라고 할까?

그에게 묻고 싶었다.

한 게임 할래요?

손님, 그분 저희 선수예요. 지금 훈련 중이라.

홍 사장은 또 한 번 실패할 거짓말을 생각해낸다.

다른 남자가 홍 사장에게 다 안다는 듯, 살며시 다가와 묻는다.

저 아가씨 지난달에도 봤는데, 단골이에요?

*

코코, 우리 집으로 데려왔어.

정헌재는 썼다.

코코는 잘 지내.

일주일 뒤, 정헌재는 썼다.

코코가 문 앞에 서 있어.

열흘 뒤, 정헌재는 썼다.

코코가 울어.

보름 뒤, 정헌재는 썼다.

병은 삶의 밀도를 극단으로 밀고 간다.

고통과 슬픔. 고독과 불안. 이런 단어들은 병의 밀도 속에서 녹아내린다.

언어가 관여할 자리는 없다. 반쯤 벌리고. 팔다리를. 입을. 눈동자를.

무방비.

여기에서 살아남는 동사는 하나다. 당하다.

삶은 압도당한다. 질식당한다. 부동의 자세로.

꼼짝없이 누워 있다.

언젠가, 정헌재는 썼다.

*

퐁피두 앞 광장에서 맥주 마시기.

로댕 미술관 분홍 장미 찾기.
오랑주리 수련의 방에 아침부터 저녁까지 있어 보기.
오르세 미술관에서 그림만 보고 작가 이름 맞히기.
루브르에서 길 헤매다 모나리자 만나기.

선은호는 파리의 미술관 투어라는 주제로 짧은 글을 썼다. 이 글에 제안한 다섯 가지 미션이 글의 중앙 부분에 볼드체로 실렸다. 아래쪽으로 자신이 찍은 로댕 미술관 분홍 장미 사진. 미리 파일을 받아 확인했고, 만족스러웠다. 잡지가 배달되어 올 때까지, 선은호는 모르고 있었다. 잡지의 표지에 그의 이름이 있었다. 인터뷰. 선은호는 자신의 글보다 먼저 그의 인터뷰를 펼쳤다.

김 : 여행지 중에 가장 좋았던 곳은?
박 : 거기가 어딘지 모르겠는데.

시작부터 마음에 안 들었다.
거기가 어딘지 모르겠는데. 모르면 말을 말지. 꼭 이런 식.

김 : 모르는 곳?

박 : 이름을 모르는 곳이라고 하는 편이 더 정확하겠네요. 바닥이 젖어 있어요. 진흙 바닥인데 약간 축축해요. 발이 빠지는 정도는 아니고. 신발이 살짝, 살짝 붙었다 떨어지는. 걷는 중인데 앞은 안 보여요. 안개가 자욱해서 걷고 있는 길이 보이지 않아요. 보이진 않지만 길이 아주 넓은 밭 사이로 나 있다는 건 알고 있어요. 안개 냄새에 섞여 풀 냄새가 나요. 옆에 누가 있고. 음악이 들려요. 노래. 하늘, 아래, 좁은, 골목길. 이런 가사였던 거 같아요. 천천히 오래 걸어요. 노래가 끝나지 않고 계속돼요. 이 길을 잊지 못하겠구나. 깨달아요. 손을 잡고 있어요. 계속 걸어요. 이런 기억이 있고, 여기가 어딘지 몰라서 다시 못 가고 있습니다. 혹시 그때 제 옆에 계셨던 분이 이 인터뷰를 보신다면, 저에게 알려주시면 좋겠네요.(웃음)

김 : 남자 분이었겠죠?(웃음)

인터뷰 나와서 혼잣말하고 있네. 혼잣말은 혼자 있을 때 하라고.

네가 욕망하는 걸 내가 욕망하지 않는다고 해서 네가 분노하거나 두려워할 필요는 없어. 물론 너는 나를 알 필요도 없고. 지치면 눈을 감아. 악을 쓰고, 울지 말고. 혼자 잠들 줄 몰라서 우는 애처럼 굴지 말라고.

그의 말이 떠올랐다.

선배가 좀 사람 불편하게 하는 데가 있죠. 알죠?

선은호는 세 번째 책이 나왔을 때, 출판사에서 만든 술자리에서 그에게 딱 한 번 시비를 건 적이 있었다.

그런가요?

그가 웃었다.

왜 다른 척해요?

취한 거 같네요.

왜 다른 척이야?

선은호 씨와 제가 이렇게 무례해도 되는 사이는 아니죠.

그런 사이가 따로 있나. 재수 없으면 무례해지는 거지.

그가 자리에서 일어섰다. 선은호는 따라 일어섰다.

씨팔. 왜 다른 척하냐고. 왜. 왜 다른 척이야.

언성이 높아졌다. 테이블에 있던 사람들이 모두 일어

*

조세연과 박준하는 저녁 뉴스를 보고 있었다.

어, 저 사람.
그래, 그 사람 맞지?
맞아, 그 사람이네.

한 달 전, 그들은 남해로 여행을 다녀왔다. 다 그만두고 여기 내려와서 살고 싶다. 암자로 이어지는 숲길을 달리면서 조세연은 생각했다. 다 그만두고. 높이 솟은 삼나무들이 끝없이 이어졌다. 그만두고도 살 수 있으면 그만두세요. 그만둘 만하면요. 근데 제일 그만두기 힘든 건 뭘까요? 나 아닌가요. 직장을 그만둘 때 그래서 제일 중요한 건 내가 그만둔 직장 밖의 삶을 견딜 수 있는 나인가. 돈을 지금의 반의반만 벌어도 견딜 수 있나. 직장을 떠나서 나는 어떤 나인가. 이런 거 같아요. 제가 드릴 수 있는 답은 이 정도인 거 같네요. 조세연은 지난주 퇴근길에 들었다. 라디오 프로그램에 나온 여행 작가에게 청취자가 질문을 보냈다. 직장을 그만두고 세계 여행을 떠나고 싶은데, 어떤 선택이 좋은 선택일까요? 최근에 뭐 그럴 수도,라는 책을 낸 작가라고 했다. 나는 나를 그만둘 수 있는가. 뭐 그럴 수도. 다 그만두고. 뭐 그럴 수도. 조세연이 끝없는 삼나무 길에 빠져 있을 때. 절은 왜 절이라고 할까. 절에서 절을 많이 해서? 박준하가 물었다. 아재니? 다 그만두고. 조세연은 웃었다. 그들의 차가 절 앞에 도착했다. 목적지 부근입니다. 안내를 종료합니다. 포장도로에서 마지막 우회전. 3대의 차가 주차되어 있었다. 순간. 후진으로 튀어나온 그의 차와 그들의 차가 스치듯이 부딪쳤다.

조금 전, 그들은 그때의 부딪침과 거의 비슷한 정도의 충격을 받았다.

너무 안됐다.

그러게.

조세연은 아무것도 그만두지 않았고.

그들은 다시 한 달이 흐르기 전에 이날의 뉴스를 잊었다.

*

　뉴스가 방영되는 사이. 전철은 여러 차례 한강철교를 건넜다.

　전철 객차 내에 있던 사람들 중 몇은 강을 내려다봤다.

　불빛들이 강에 떠 있었다.

　전철은 빠르게 강을 건넜다.

　강가를 따라 자전거를 타고 있던 사람은 전철이 한강철교를 빠르게 통과하는 것을 보았다. 불빛들이 하늘에 떠 있었다.

　그날 퇴근길에 많은 사람이 그에 대한 기사를 읽었다. 클릭. 클릭.

　주머니에 휴대전화를 넣고 각자의 집으로 돌아갔다.

　여러 개의 방에 불이 켜졌다. 꺼졌다.

　클릭, 클릭.

　그는 켜졌다, 꺼졌다.

*

~~111111~~

~~111112~~

~~111113~~

~~111114~~

~~111115~~

1분 후에 다시 시도하십시오.

서봄은 계속 시도했다. 1분 후에 다시 시도하십시오.

~~111116~~

~~111117~~

~~111118~~

~~111119~~

~~111110~~

1분 후에 다시 시도하십시오.

번호를 적고, 입력하고, 틀린 번호 위에 줄을 그었다.
1분. 새 번호를 적고, 입력하고, 틀린 번호 위에 줄을 그
었다. 서봄은 쉬지 않고 번호를 입력했다.

6자리 숫자의 경우의 수.

서봄은 전날 소파에서 잠들었다.

현관 비밀번호를 입력하고, 집으로 들어와서 소파에 앉았다. 베란다로 눈을 돌렸다. 시든 시클라멘이 보였다. 수건 일곱 장이 나란히 걸려 있었다. 속옷과 양말도 보였다. 다시 눈을 돌렸다. 소파와 마주하고 있는 거실 벽면에 책장이 나란히 서 있다. 책장을 바라보다, 고개를 왼쪽으로 돌렸다. 빈 식탁. 위에 약 봉투가 놓여 있다. 약 봉투 옆에 휴대폰이 있다.

휴대폰은 발견되지 않았다고 했다. 근처에 떨어졌을 수도 있다고 했다.

서봄은 일어섰다. 식탁으로 가서 엄마의 휴대폰을 집어 들었다. 방전이 됐는지 꺼져 있었다. 충전기를 찾아 서재 방으로 들어갔다. 멀티탭에 충전기가 꽂혀 있었다. 쪼그려 앉아 휴대폰을 충전기에 꽂았다. 잠깐 그대로 있었다. 휴대폰이 켜지고 바탕 화면이 눈에 들어왔다. 바다. 암호 입력. 000000. 여섯 개의 숫자를 입력했다. 입력한 암호가 사라졌다. 현관 비밀번호와 같은 번호를 입력했다. 입력한 번호가 사라졌다. 다섯 번째 새로운 번호를 입력했을 때, 1분 후 다시 시도하십시오,라는 메시지가 떴다. 1분. 서봄은 일어섰다. 책상 위에 노트가 여러 권 있었다. 그중 제일 위에 놓여 있는 노트를 들고, 연필꽂이에서 연필을 한 자루 꺼냈다. 노트를 펼쳤다. 다행히 새 노트. 엄마의 글씨는 없다. 방금 입력했던 번호 다섯 개를 연달아 적었다. 번호 위에 줄을 그었다. 책상 의자에 주저앉았다. 1시간. 2시간. 서봄은 그대로 있었다. 다섯 개의 틀린 숫자에 눈을 두고 그대로 있었다. 책상 위에는 노트, 연필꽂이, 노트북 외에 아무것도 없다. 창으로 들던 빛이 줄고 방이 어둑해졌다. 서봄은 일어섰다. 충전이 완료된 휴대폰을 뽑아들고, 거실로 나갔다. 소파에 앉았다. 번호를 입력했다. 다시 입력했다. 1분을 기다렸다. 다시 입력했다. 밤. 캄캄한. 휴대폰 불빛에 눈이 아팠다. 계속 입력했다. 1분을 기다렸다. 언제 잠이 들었는지 모르게 소파에 모로 누워 잠이 들었다. 아침에 눈을 떴을 때 제일 먼저 보인 건 책장에 꽂힌 책들.『경계의 음악』『살아 있는 미로』『인간과 말』『우울과 몽상』『이기적 유전자』『공기와 꿈』. 서봄은 눈을 감았다. 엄마, 책을 좀 기준을 가지고 정리해보는 건 어때? 책의 크기라든가, 장르라든가, 주제라든가. 출판사나 책

등 색깔은 어때? 책이 너무 들쑥날쑥 키도 다르고 내용
도 다르고. 어울리는 애들끼리 있어야 책들도 좋지 않
을까? 엄마, 듣고 있어? 서재 방에서 엄마가 나왔다. 응?
뭐라고? 못 들었어. 아니야, 됐어. 어울리는 애들이 뭐?
들었어, 들었어. 서봄은 눈을 떴다. 생각을 멈춰야 했다.
일어났다. 욕실로 들어갔다. 세수를 하려고 세면대 앞에
섰다. 칫솔 걸이에 칫솔이 걸려 있다. 두 개. 꼭 티를 내
야 돼? 싫어? 싫으면? 네 칫솔도 걸어줄까? 됐어, 안 싫
은 걸로 해. 물이 쏟아진다. 두 손 가득 물을 담는다. 얼
굴을 문지른다. 반복한다. 차갑다. 거울을 본다. 욕실 수
납장을 연다. 짙은 회색 수건이 나란히 10개. 동그랗게
말려 있다. 엄마, 수건은 흰색이 좋아. 그래야 더러워지
면 바로 바꾸지. 난 회색이 좋아. 네 거 흰색 사둘까? 수
건을 꺼내고 수납장을 닫는다. 얼굴에 물기를 닦는다.
엄마 냄새. 음, 수건 냄새 좋다. 엄마, 섬유 유연제 바꿨
어? 이 냄새 좋다. 엄마한테도 요즘 이 냄새나. 근데 엄
마 빨래할 때 섬유 유연제 너무 많이 쓰는 거 아니야?
피부에 안 좋대. 베란다에 새것 있어. 갈 때 가져가. 수건
을 얼굴에서 뗀다. 욕실 문을 열고 나온다. 주방으로 간
다. 냉장고 문을 연다. $500ml$ 생수가 30개쯤 열 맞춰 있

다. 한 병을 꺼낸다. 엄마, 그냥 정수기를 쓰는 게 어때? 매번 주문하는 거 귀찮지 않아? 사람들 왔다, 갔다 하는 게 더 귀찮아. 엄마 컵 씻기도 귀찮아서 500ml로 사는 거지? 티 났어? 엄마는 다 티나. 그러니까 아빠가 외로웠지. 아빠한테 잘해. 또. 엄마는 맨날 그 소리. 둘 다 지겹지도 않나 봐. 아빠 잘 지내지? 아줌마가 아빠한테 잘해. 난 아줌마한테 잘하려고 하고. 착하네, 우리 딸. 나 내년쯤 독립하려고. 왜? 엄마가 맨날 그랬잖아. 인생 어차피 각자 사는 거라며. 엄마 인생은 엄마 인생이고 아빠 인생은 아빠 인생이라며. 아무도 원망하지 말라며. 그래, 그럼. 집구할 때 얘기해. 엄마가 사주게? 아니. 에이. 각자 살자고. 엄마는 꼭 결정적일 때 그러더라. 서봄은 냉장고 앞에 서서 생수 한 병을 다 마신다. 빈병을 베란다 재활용 쓰레기 수거함에 버린다. 수거함에 빈 생수병 몇 개가 들어 있다. 배낭에 빈 물병만 두 개 있었습니다. 배낭을 돌려주면서 경찰이 말했다. 서봄은 돌아섰다. 거실로 돌아왔다. 소파에 앉았다.

171819.

지구.

안쪽 바탕 화면이 나왔다.

171819?

헛웃음이 났다. 무의미한 숫자.

171819.

읽지 않은 문자 메시지 57개.

부재중 전화 12개.

이동우, 서봄, 서봄, 정헌재, 정헌재, 정헌재, 서봄, 정헌재, 서봄, 정헌재, 이름이 입력되지 않은 국제전화번호, 도시가스였다.

서봄은 부재중 전화 목록을 보다가 휴대폰을 내려놨다. 주머니에 휴대폰을 넣고 일어섰다. 밖으로 나갔다.

코코는 내가 어제 데려왔습니다.

장례식장에서 엄마의 애인이 말했었다.

실제로 만나는 건 처음이었다.

코코 보고 싶은데.

주머니 속에서 양쪽 손에 휴대폰을 쥐고 엘리베이터를 기다렸다.

엄마의 휴대폰에 연락처가 있다.

엘리베이터의 문이 열렸다.

연락하지 않을 것이다.

서봄은 엘리베이터를 타고 내려가는 동안 결심했다.

6층에서 엘리베이터가 멈춰 섰다. 한 여자가 탔다. 서봄을 빤히 봤다. 나를 아나? 할 말이 있는 얼굴인데. 서봄도 여자를 빤히 봤다. 여자가 시선을 피했다. 엘리베이터의 문이 열리고 6층 여자가 먼저 내렸다.

서봄은 한 달쯤 뒤 겨우 용기를 냈다. 다시 방전된 휴대폰을 충전하고, 171819 암호를 누르고, 두 번째. 떠오르는 지구를 봤다.

사진 폴더를 열었다.

엄마 사진은 한 장도 없었다. 자작나무 숲, 눈, 해 질 무렵, 서봄, 바다, 모래, 서봄, 나무, 길, 지붕, 서봄, 골목, 새벽, 바닥, 서봄, 해, 밤, 서봄, 전깃줄 위에 앉은 새, 서봄, 서봄, 서봄, 나무, 구름, 낙엽, 서봄.

각자 살자며.

서봄은 사진 폴더를 닫았다.

메모를 열었다.

"'양자론' 우주의 궁극적인 철학인가?"

"日, 후쿠시마 오염수 해양 방출로 가닥… 가장 현실적."

"화석에서 못 찾은 고대 인류 흔적, 산 사람한테서 나왔다."

"나비 애벌레를 집으로 데려와 돌봄 서비스… 개미는 '공생의 왕'."

"극단적 귀차니즘? 7년째 같은 자리 지킨 동굴 도롱 뇽."

메모는 하나도 없었다. 전부 기사의 링크를 메모에 저장해둔 것들이었는데, 시간 역순으로 저장되어 있는 거 같았고, 셀 수 없이 많았다.

서봄은 마지막 메모인 동굴 도롱뇽을 클릭했다. 기사 를 읽었다. 움직이지 않고 가만히. 한자리에 가만히. 일 년 내내 가만히. 2년, 3년 가만히. 서봄은 소파에 앉아 기사를 읽었다.

극단적 장소 집착,이라는 말이 눈에 들어왔다.

극단적 장소 집착.

서봄은 3202호로 이사했다.

서봄은 매일 소파에 앉아서 잠이 들었다.

서봄은 눈을 뜨고 제일 먼저 책 제목을 읽었다.

경계의 음악.

살아 있는 미로.

서봄은 출근했다. 퇴근했다.

서봄은 베란다에 빨래를 널었다.

창문을 열었다. 닫았다.

서봄은 시클라멘이 피는 계절을 기다렸다.

서봄은 생수를 주문했다.

시클라멘이 폈다, 시들었다.

서봄은 사랑했다. 이별했다.

서봄은 퇴사했다. 입사했다.

171819.

서봄은 매일 떠오르는 지구를 봤다.

극단적 지구 집착.

그사이. 서봄은 한 달에 한 번, 당구장에 갔다.

흰 공 위에. 빨간 공 사이에. 흰 공이 빨간 공과 부딪치는 소리에. 흰 공이 세 개의 초록 벽을 차례로 두드릴 때. 두 개의 길이 동시에 보일 때. 하나의 길이 어렵게 풀려. 초크를 바닥에 떨어뜨리고. 앉았다. 일어나면서. 큐대를 잡고, 내려놓고. 당구대에 기대. 딸랑, 문이 열리는 소리에. 아가씨, 혼자 왔어요? 조기교육이라는 말에. 운동화 끈이 풀려서. 넘어질 뻔하다가. 사장님의 걱정스런 시선이 느껴져. 담배 냄새. 다른 사람들이 시킨 자장면이 배달되어 오고. 자장면 위에 완두콩. 하나둘 옮기는 젓가락. 엄마의 손. 어디에나 엄마가 있어.

신이 인간들 사이에 존재하는 것처럼.

부재의 방식으로 편재하는. 신과 똑같은 방식으로.

인간은 신과 꼭 같은 방식으로 존재하는구나.

문득 혼잣말을 하다가.

나도 엄마처럼 혼잣말을 하는구나. 혼잣말도 혼자 못

하게. 엄마가 또.

서봄은 당구대를 가만히 내려다보다 혼잣말을 했다.

각자 살자며.

길이 보이지 않았다.

살자며.

당구대에 눈물이 떨어졌다.

*

안녕하세요, 청취자 여러분. 오늘도 어김없이 조사의

시간이 돌아왔습니다. 지난 시간은 '밖에'의 시간이었

죠. 너밖에. 나밖에. 그렇게밖에. 뜻밖에. '밖에'에 관한

많은 사연이 기억납니다. 지난주에 집에 가서 그런 생각

을 했어요. 집밖에 나를 반겨줄 곳이 없구나.

오늘의 조사는 '에게'입니다.

'에게'는 국어사전에 따르면 유정 체언의 뒤에 붙어, 행위가 미치는 대상임을 나타내는 부사격조사라고 합니다. 유정 체언은 감정이 있고 움직이는 형태의 체언이고요, 무정 체언은 감정이 없고 움직이지 못하는 체언이라고 해요. 말하자면 여러분과 저는 유정 체언이겠죠. 나무는 무정 체언이고요. 나에게, 너에게, 엄마에게, 애인에게. 친구에게. 무엇이든지 좋습니다. 여러분의 '에게'를 기다릴게요. 그럼 잠시 광고에게. 광고 듣고 만나요.

유빈은 헤드폰을 벗었다.

조사의 시간은 급하게 만들어졌다. 매주 목요일 저녁, 1년 넘게 같이 방송을 했던 그가 떠나고, 빈자리를 새로운 게스트로 바로 채우기보다 잠깐 유예기간을 갖자는 것이, 작가와 PD와 유빈의 공통적인 생각이었다.

그에게.

유빈은 그와 개인적으로 만난 적은 없었다. 그와 방송을 하면서도 그의 책을 읽지 않았다. 유빈은 여행서를 좋아하지 않았고 가끔 그가 대본에 없는 말들을 할 때, 꼰대가 다 되었다고 생각했다. 나도 조심해야지. 유빈은 그를 보면서, 자칫, 꼰대가 되는 건 순간이라는 사실을 늘 스스로에게 강조했다.

그런 그가 이 시간이면 생각났다.

그에게.

두 번째 광고가 끝나갈 때 헤드폰을 다시 썼다.

첫 번째 사연은 7702님이 보내주신 사연입니다.

나무에게. 나무, 미안. 너한테 감정이 없다고, 너를 무정 체언이라고 정의하는 인간들의 무정함을 사과할게. 너에게 기대고 있으면, 너를 안고 있으면 마음이 조용해져. 너에게 위로 받는 기분. 나이테가 하나, 둘, 늘어갈 때 너는 어떤 감정을 느낄까. 어쩌면 정말 무정할까. 너의 표정이 궁금하다.

유빈은 사연을 읽었다.

순수한 영혼이 느껴지는 사연이네요. 7702님의 귀엽고 순수한 마음에 제가 오히려 위로를 받는 기분입니다. 상품 보내드릴게요.

그에게.

조사의 시간은 빠르게 지나갔다.

조차, 부터,

커녕, 마저,

유빈은 그가, 유빈은 그의, 유빈은 그를,

어쩌다 생각했다.

"유정 체언은 감정을 가지고 있고 움직이는 형태의 체언이다."

그가 떠나고.

얼마 지나지 않아, 청취율 부진으로 PD가 문책을 당했다.

유빈의 자리에 새로운 DJ가 왔다.

마지막 조사는 '까지'

지금까지 함께해주신 여러분 감사합니다.

유빈은 인사를 했다.

*

David Bowie, Where Are We Now?

Justice Der, Astrothunder

Rival Consoles, Untravel

Wild Beasts, The Fun Powder Plot

Needle&Gem, 어깨소리

이동우는 다섯 곡을 순서대로 들었다.

최근 몇 주 사이 그가 늘 듣던.

이동우는 완전히 몰입할 수 있는 음악을 좋아했다. 듣고 있으면 그 음악 자체가 되게 해주는 음악. 자신을 잠시 사라지게 만들어주는 음들. 가득 찬 소리. 울림.

그 순서 그대로.

매번 극단적으로 달라져, 도무지 취향을 종잡을 수 없는. 종횡무진.

그의 이번 선곡은 오히려 선명한 분리를 가져왔다. 한 곡 한 곡의 성격 때문인지, 배열 때문인지, 조합 때문인지.

음악에 주종마저 맞추는 인간.

지겹다 지겨워. 다른 거 좀 틀어봐. 아님 *끄든가*. 이게 술이냐 약이냐.

마지막으로 만난 날. 그의 차에 틀어져 있던 노래.

와 지긋지긋한 인간. 너는 이상한 고집이 있어. 왜 같은 것만 들어. 그것도 병이지. 근데 또 그걸 주기적으로는 왜 바꾸는 거야? 그것도 이상해. 너 내가 보기에 강박 있어. 것도 다양하게 가지가지로. 인정하지?

갱년기냐? 말이 많아.

그와 이동우는 지겹게 티격태격했다.

이동우의 유일한 술친구. 초중고 동창.

그리고 이제 배신자.

이동우는 집 앞에 세워놓은 차 안에서 술을 마셨다.

다섯 곡이 끝나기 전에 한 병을 다 비웠다.

그래서 네가 진짜로 좋아했던 노래는 뭔데.

지긋지긋한 인간.

차 문을 열고 밖으로 나왔다.

바람이 차가웠다.

아내가 잠든 방으로 들어가 누웠다.

마지막 곡의 새소리가 자꾸 귓가에 맴돌았다.

지긋지긋한 인간.

아내가 벽 쪽으로 돌아누웠다.

*

사막이 아름답게 보인다면.

그건 가까이 있는 사람 때문이다.

끝없는 사막.

이따금 부는 바람.

적요.

주변에 아무도 없다면.

사막은 공포일 뿐.

사막은 멀리 있지 않다.

사막에 와서야 나의 내면이 사막이라는 것을 깨닫
는다.

안인승은 사하라의 듄에서 그의 책을 펼쳤다.

인간한테 질려본 적 없는 사람인가.

사람을 사막보다 훨씬 더 끔찍한 지옥으로 만들기도
하는 게 인간인데.

고개를 들었다.

사막이 아름다웠다.

　　　　　　　*

　요양 병원에서 한 노인이 창밖을 바라보고 있다.
　노란 은행잎이 흔들린다.

　　　　　　　*

　봄이의 연락을 받고, 동아리 단톡방에 공지를 올렸다.
　검정색 옷을 찾아 입었다.
　장례식장으로 가는 버스 안에서 조문하는 법을 검색
했다.
　장례식장은 처음이었다.
　상복을 입은 봄이는 어른 같았다.
　너무 울어서 작아진 것도 같았다.
　나는 할 수 있는 말이 없었다.
　봄이를 안았다. 안고 같이 울었다.

　윤하의 남편은 윤하의 장례를 치르고, 윤하의 물건들
을 정리했다.
　아들 내외가 주말에 찾아와 돕겠다는 것을 겨우 말

렸다.

　매일 조금씩.

　윤하가 평생 쓴 일기를 읽었다.

                              *

　가지마다 잎이 돋았다.

　하루 종일 비가 왔다.

　매미가 울기 시작했다.

　구름이 빠르게 움직였다.

　바람이 불었다.

　해가 뜨고, 졌다.

그가 잠깐 살아 돌아온다면.

이 소설은 처음부터 다시 쓰여야 할 것이다. 그는 그들의 오류를 수정하려 할 것이다. 나는 그때. 이렇게 말할 것이다. 이건 내가 아니야. 이런 말도. 사실 난. 억울함을 표현할 수도. 그건 내가 아닌데. 나는 그 나라에 간 적도 없어. 다른 기억을 지적할 수도. 절대로 그런 말을 한 적이 없어. 당신과 거기 있었던 건 누구지? 이렇게 되물을 수도 있을 것이다. 난 수영을 못해. 물에 뜨지도 못한다고. 진실을 밝히고 싶을 수도. 초록 호두 열매를 처음 본 순간의 감동에 대해 말할 수도 있을 것이다. 그땐 내가 열 살이었고. 그리하여 마침내. 모든 연보를 다시 쓰고 싶을 수도. 그렇지만. 이미 모두 지나간 일인걸. 서글퍼 할 수도 있을 것이다. 그는 누구인가. 나는 다른 사람. 그러니까. 그러니까 나는.

나는 그날 아침, 3202호의 문을 열고 나섰다. 새벽부터 눈이 내리고 있었다.

순간은 묘사할 수 있지만. 시간을 묘사할 수는 없다. 묘사는 정지다. 묘사가 시작되는 순간, 시간은 묘사를 빠져나간다. 스쳐 지나간다. 묘사할 수 없는 시간. 삶은 기억이라는 이름으로 쉼 없이 변형된다. 카메라가 포착하듯이. 영화는 인간이 기억하는 방식으로 만들어졌다. 기억은 삶의 순간들을 잘라내고, 연결한다. 끌어당기고, 확대한다. 강렬한 이미지를 붙잡는다. 장면과 장면을. 연결하는 풀과 아교. 이어지는 문장과 문장들, 빈칸과 쉼표들. 전혀 다른 사람. 나는 허리를 굽혀 바닥에 떨어진 눈송이들을 하나로 뭉친다.

　소설은 시작될 것이다.

작가의 말

어떤 것을 쓰고 싶었습니다.

언어가 되지 않은 것.

마음에 이는 파문.

잠깐 스쳐 가는 것들.

멈춰 서게 되는 순간.

저는 절대로 모를 당신의 순간들.

그를 읽는 동안.

당신 삶의 어떤 장면이 잠시 스쳐 지나갔다면.

제가 쓰려고 했던 것은 오로지 당신들께 있습니다.

　　　•

저는 아무것도 붙잡지 못한다는 것을 알고 있습니다.

그럼에도 불구하고 읽어주셔서 감사합니다.

| 윤해서 작가가
| 펴낸 책들

- 소설집

『코러스크로노스』, 문학과지성사, 2017.

- 중편소설

『암송』, 아르테, 2019.

- 장편소설

『0인칭의 자리』, 문학과지성사, 2019.

그

윤해서 중편소설

발행일 2020년 6월 23일
발행인 이인성
발행처 사단법인 문학실험실
등록일 2015년 5월 14일
등록번호 제300-2015-85호

주소 서울 종로구 혜화로 47 한려빌딩 302호
전화 02-765-9682
팩스 02-766-9682
전자우편 munhak@silhum.or.kr
홈페이지 www.silhum.or.kr

디자인 김은희
인쇄 아르텍

ⓒ윤해서
ISBN 979-11-970854-0-6 03810
값 10,000원